DE
L'ÉNORMITÉ
DU DUEL.

DE L'ÉNORMITÉ DU DUEL,

TRAITÉ TRADUIT DE L'ITALIEN
De M. le Docteur *P. V.*, et dédié à S. M.
FRÉDÉRIC II, Roi de Prusse.

*PAR M. C***. des Arcades de Rome,
et de l'Académie de Villefranche.*

A BERLIN,
De l'Imprimerie de CHRISTIAN-FRÉD
WORSS, Imprimeur du Roi.

Et se trouve A PARIS,
Chez GUILLOT, Libraire, rue de la Harpe.
A ROUEN,
Chez BOUCHER le Jeune, Libraire, rue Ganterie.
A BEAUVAIS,
Chez PORQUIER, Libraire, sur la Place.
A DIEPPE,
Chez J.-B -JOSEPH DUBUC, Imprimeur du Roi.

M. DCC. LXXXIII.

A SA MAJESTÉ

LE ROI DE PRUSSE.

SIRE,

Un Ouvrage où l'on combat le Duel avec autant de liberté que de force; un Ouvrage dont l'Auteur ne néglige rien pour en démontrer l'inutilité, en-même-tems-que l'atrocité, est bien fait pour vaincre le préjugé le plus obstiné.

ÉPITRE.

Cet abus est considéré ici sous tous ses aspects ; l'Auteur en poursuit les partisans, et les presse de manière à ne pas leur laisser le moindre subterfuge. Aucun point n'est oublié, aucune objection dissimulée ; et toutes celles que peut faire naître une erreur accréditée, présentées d'abord avec toute la précision qu'exige l'importance du sujet, sont ensuite pulvérisées d'une manière victorieuse, et qui, certainement, doit faire le plus grand honneur à l'Auteur, dans l'esprit, du-moins, de ceux qui aiment véritablement la Religion, la raison, l'humanité et la paix.

Quel que soit, cependant, le mé-

ÉPITRE.

Cette réfléxion , SIRE, m'a fait prendre la liberté de supplier très-humblement VOTRE MAJESTÉ, d'agréer que Son Nom respectable ornât cette Traduction Françoise de l'Ouvrage Italien. Vous avez daigné , SIRE , en accepter l'hommage ; permettre qu'elle parût sous Vos Auspices , et j'ai pour garant de l'approbation de VOTRE MAJESTÉ, la Lettre dont m'a honoré , par Votre exprès Commandement , M. le Comte de Fianexteïn , Chevalier de l'Ordre de l'Aigle Noir , Votre Premier Ministre d'État et du Cabinet : Rien n'est égal à ma vive reconnois-sance , que la satisfaction dont Vous m'avez comblé , en accueillant , avec

ÉPITRE.

tant de bonté, une hardiesse qui n'a son principe que dans la constante admiration que Vous inspirez, SIRE, à tous ceux que la renommée a instruits de Vos grandes Actions.

Je suis, avec le plus profond respect,

DE VOTRE MAJESTÉ,

SIRE,

Le très-humble, très-obéissant et très-soumis Serviteur, C***.

TABLE

DES CHAPITRES.

TABLE DES CHAPITRES.

TABLE, &c.

DE
L'ÉNORMITÉ
DU DUEL.

CHAPITRE PREMIER.

Importance du sujet.

Dans ce siècle philosophique, où les esprits et les études n'ont pour objet que les choses utiles, j'aurois tort d'imaginer que je pourrai me concilier l'attention du public, en écrivant contre le duel, si, avant d'entrer en matière, je ne cherche pas à prouver l'importance du sujet, contre le jugement pré-

A

cipité, que, peut-être, ne manquera-t-on pas d'en porter.

En effet, ceux à qui j'ai communiqué le dessein où j'étois de traiter ce sujet, ont eu grand soin de m'en objecter du premier mot, l'inutilité. « La peine que je prenois » m'ont-ils dit « auroit pu avoir son « utilité dans le siècle dernier, ou « même au commencement de celui-« ci, vu qu'alors le duel faisoit « couler tant de sang tous les jours »; « mais aujourd'hui, cet abus étant « presque totalement anéanti, mon « travail » selon eux « ne devoit pro-« duire exactement rien ». Si je démontre donc que ce travail est non-seulement utile, mais nécessaire, je pourrai me flatter, avec raison, de ne pas le voir m. ^l reçu du public.

Si le duel n'est presque plus connu, du-moins n'est-on pas encore convaincu de toute l'énormité qu'il renferme. Le prend-on réellement pour ce qu'il est? Le regarde-t-on comme un reste de la barbarie dans laquelle l'Europe a été plongée pendant tant de tems? Y reconnoît-on une réunion des plus noirs attentats qui puissent se commettre contre la nature, la religion et les loix? Est-on persuadé, par exemple, que ce soit un délit plus considérable et plus odieux, que le vol et la trahison? Croit-on enfin que ce soit vraiment un crime de Lèse - Majesté, un véritable acte de rebellion contre le Pouvoir Souverain?

Si tout cela étoit généralement avoué, non-seulement l'usage des duels seroit diminué d'une manière sensible; il n'existeroit même plus du-tout; car il n'y auroit personne qui n'eût honte d'envoyer un défi, puisque, si cela se rencontroit encore, du - moins leur auteur passant pour un homme disposé à rompre tous les liens les plus sacrés, deviendroit-il l'objet de la haine et du mépris publics: mais

une triste expérience nous démontre qu'il n'est rien de tout
cela.

N'est-il pas encore ordinaire,
sur-tout aux gens de qualité, de
répondre à celui qui leur fait le
plus petit outrage; -- qu'il leur en
fera raison avec la pointe de l'épée?
Et d'un autre côté, loin que pour
cela, une personne de ce rang ait
cessé le moins du monde, d'être
estimée, ne voit-on pas que tout
le déshonneur au-contraire, tombe
sur celui qui, par un motif louable
peut-être, aura refusé de se battre?

Quel est, parmi les officiers,
celui qui ne refusera pas constamment de servir avec un homme qui
n'aura pas accepté un défi, ou qui
n'en aura pas envoyé un, lorsque
le prétendu point-d'honneur l'éxigeoit?

Enfin, me montrera-t-on quelqu'un qui regarde comme réelle
et constante, l'infamie que les loix
modernes attachent au duel, de

la même manière dont tout le monde s'accorde, avec la loi, sur celle attachée au vol, à la trahison, et à d'autres délits de la même espèce ?

Le duel subsiste donc toujours dans l'opinion des hommes ? il continue donc d'être en honneur, comme il le fut dans ces tems où il faisoit couler tant de sang? Or, tant que l'usage n'en sera pas entièrement aboli, n'est-il pas visible que la source de cet abus est encore éxistante; conséquemment, qu'il est perpétuellement à craindre qu'il ne prenne de nouvelles forces dans le corps politique ?

En vain m'objecteroit-on que le luxe ayant adouci nos mœurs, le duel cadre mal avec elles; je répondrois que cette douceur peut s'évanouir aussi facilement qu'elle s'est introduite: d'où je conclurois que le danger en question subsiste toujours.

Anciennement, me dira-t-on

A 3

peut-être, les loix gardoient un silence cruel sur cet abus ; au-lieu qu'à-présent, elles prononcent les peines les plus sévères. Ces loix, répondrai-je, ne détruisent pas le danger ; puisque l'obéissance incertaine et précaire qu'on leur porte, n'ayant pour cause que la crainte du châtiment, n'offre visiblement aucune sûreté. Pour que les hommes soient fermes dans l'observance des loix, il faut qu'ils les considèrent comme des maximes, comme des principes ; c'est-à-dire, qu'ils soient intérieurement persuadés de la justice et de la nécessité de ces mêmes loix (1), puisque l'on

_____

(1) Les plus célèbres législateurs ont tous reconnu cette vérité : aussi n'est-il rien dont ils se soient montré plus jaloux, que de bien inculquer dans l'esprit des peuples, la justice et la nécessité des loix qu'ils leur donnèrent.

Solon interrogé par le philosophe *Anacharsis*, comment il s'y prendroit pour faire observer ses loix, répondit qu'il les feroit cadrer avec les intérêts de ses concitoyens, de telle sorte, qu'ils reconnoîtroient évidemment qu'il leur seroit plus

ne fait bien, que ce que l'on fait de
son propre gré.

***

avantageux de les observer, que de les enfreindre.

Licurgue ne voulut point qu'à Sparte les loix
fussent écrites: il aima mieux que l'éducation les
imprimât dans l'ame des jeunes gens.

Platon eut certainement devant les yeux,
l'importance de cette vérité, lorsqu'il refusa d'être
législateur des Arcadiens et des Cyrénéens : il
savoit, dit un écrivain fameux, que ces deux
peuples étoient riches; qu'ils ne pouvoient souffrir
l'égalité ; par conséquent, que ses loix n'auroient
jamais pu leur convenir.

C'est par cette raison qu'à Rome, les Loix des
douze Tables furent exposées une année entière,
à la censure du public, avant de recevoir le sceau
de l'autorité. « Rien de ce que nous vous
« proposons » dirent aux Romains, les Décemvirs,
dans cette occasion « ne peut avoir force de loi,
« sans votre consentement: soyez, vous-mêmes,
« les auteurs des loix qui doivent faire votre
« bonheur. »

C'est encore cette raison qui, de tout tems,
engagea les pères des peuples et les fondateurs des
nations païennes, à supposer un commerce secret
avec les Dieux, dans la bouche desquels ils
mettoient leurs propres décisions. Ils avoient
reconnu que, sans un pareil stratagême , ils
n'auroient pu jamais imprimer le respect pour leurs
loix, chez des hommes ignorans et sauvages, ni
adoucir leurs mœurs aussi promptement qu'ils en
avoient envie; puisque, comme le remarque bien, à
ce sujet, le *Secrétaire Florentin*, « il est beaucoup de

A 4

Il est donc de toute nécessité que la multitude soit intimement convaincue de l'énormité du duel ; et l'unique moyen de déraciner cet abus, est de faire cesser totalement l'estime ridicule que le monde continue sottement de lui accorder.

« choses reconnues bonnes par un homme prudent, « dont on ne peut cependant persuader les autres, « faute de raisons évidentes. »

Enfin, c'est par la même raison qu'on peut excuser la plus grande partie des princes actuels de l'Europe, de ce qu'ils laissent les hommes assujettis à un code fait pour un peuple dont la constitution et les mœurs étoient absolument différentes des nôtres, et auquel manque la qualité la plus nécessaire aux loix ; la notoriété publique ; puisqu'il se trouve écrit dans une langue inconnue au plus grand nombre, et que, pour surcroît de disgrace, il est vicieux en lui-même, en ce qu'il contient des loix trop particularisées, trop compliquées et trop pleines de subtilités.

Ces princes voyant qu'un tel code, malgré ses nombreuses imperfections, a pour lui le préjugé des siècles passés, et que la multitude éblouie par le volumineux et imposant cortège de cette foule de commentateurs dont il est accompagné, continue de lui accorder sa vénération ; avant de l'abroger, pour en former un nouveau, plus convenable et plus utile, ils attendent que, par leurs écrits, les hommes de lettres aient persuadé les peuples, de la nécessité du changement.

C'est alors que le corps politique pourra être assuré de ne
plus en être infecté, dans le cas
même où se vérifieroit cette révolution dans nos mœurs dont j'ai
parlé précédemment. Alors on
n'aura plus besoin de recourir à
l'éxil, aux confiscations, à la mort;
l'infamie, qui jusqu'à-présent n'a
été d'aucun poids, parce-qu'elle
étoit contraire à l'opinion publique,
suffira seule pour réprimer cet
abus. Cette infamie même ne sera
plus nécessaire; car, ne reconnoissant plus dans le duel, qu'un excès
abominable, chacun alors ne le
regardera qu'avec horreur; on aura
pour lui toute l'aversion possible; on
rougira d'avoir été si long-tems la
malheureuse victime du préjugé, de
l'entêtement et de l'erreur, tandis
que l'on croyoit répandre son sang
d'une manière bien glorieuse. Enfin
on se fera un point-d'honneur de
fuir le duel, comme on s'en étoit
fait un jusqu'à-présent, d'y avoir

L'importance d'un ouvrage qui
combatte cet abus, quoiqu'il soit
actuellement beaucoup diminué,
est donc évidemment démontrée,
et il est clair que cet ouvrage est
la seule chose qui puisse en faire
sentir à la multitude, toute l'énormité.

Si l'on m'oppose que d'autres
écrivains ont attaqué cet abus avant
moi; je répondrai d'abord, qu'il
n'est point inutile de répéter ce
qui n'a pas encore eu son éxécution; en second lieu, que ces
écrivains n'ont considéré le duel,
que sous un seul point-de-vue,
comme l'ont fait quelques casuistes
et quelques jurisconsultes, qui ne
l'ont combattu que d'après les principes auxquels ils étoient attachés
par leur état, ou qu'ils n'ont fait
que jetter quelques réfléxions sur
cet objet, dans leurs ouvrages; ou
enfin, que, s'ils nous ont laissé des
traités complets sur cette matière,
et parmi lesquels on distingue sur-

tout, celui du célèbre Père *Gerdil*; toutefois les ont-ils écrits dans une langue qui nous est étrangère : d'où je conclus que, du-moins relativement à la partie de l'Europe pour laquelle j'écris, leurs productions ne diminuent certainement en rien, l'importance du sujet que j'ai entrepris de traiter.

À la vérité, l'importance du sujet ne constitue pas celle de l'ouvrage ; et réellement, rien n'est si commun, que de trouver des livres fort insipides et très-plats, sur la morale et la politique, comme sur les autres objets les plus intéressans de la vie. Cette importance justifie donc uniquement mon entreprise. Du reste, si mon livre est loin de la perfection dont il auroit besoin pour atteindre le but que je me suis proposé, au-moins n'aurai-je point à me reprocher de n'avoir pas fait tout ce qui étoit en moi pour l'obtenir.

J'ai considéré le duel sous tous ses

points-de-vue possibles; je n'ai laissé
à ses partisans., aucun moyen de
refuite, et me suis attaché sur-tout,
à combattre ce faux honneur, cet
honneur imaginaire dont ils sont
si fort infatués. Pour mieux réussir
dans mon projet, j'ai cherché à me
rendre le plus clair, le plus intelligible et le plus précis qu'il dépendît
de moi. Si le principal mérite
d'un livre consiste dans la réunion
de ces deux qualités, ce mérite
convient particulièrement à quiconque entreprend de combattre
un abus qui n'a pas de plus zélés
partisans, que chez cette classe
d'hommes qu'on appelle le grand-
monde.

Dans le vrai, ces sortes de
personnes., occupées seulement
à se procurer des plaisirs; qui,
conséquemment, ne sont pas dans
l'usage de méditer, ne lisent éxactement, si elles le font, que pour
chasser l'ennui qui les dévore. Plus
sensibles donc à l'élégance du style,

qu'à la solidité du discours, parce-
que la première de ces deux qualités les amuse sans les fatiguer,
ils préfèrent volontiers la lecture
des romans, et autres livres d'agrément, à ceux qui ont pour but
l'instruction ; ou, si quelquefois ils
ne dédaignent pas ceux-ci, c'est
uniquement lorsque trouvant join-
tes à l'importance du sujet, beaucoup de précision et de clarté,
comme dans les *Fontenelle*, les
Algarotti, &c., rien ne les oblige
à faire la moindre violence à leur
indolence naturelle.

Si, malgré tous les efforts que
j'ai faits pour me rendre intelligible
aux partisans du duel, je ne puis
obtenir qu'ils se défassent de leurs
ridicules prétentions à cet égard,
je dirai, avec un grand écrivain ;
que je suis plus affligé que surpris.

Eh quoi ! aurai-je le sot et ridicule orgueil de compter sur de plus
grands succès, que n'en ont obtenu
les écrivains les plus renommés qui

se sont trouvés dans le même cas que
moi; c'est-à-dire, qui ont attaqué
des préjugés ? Il est certain que
tous furent d'abord généralement
condamnés: et cela est naturel.

Notre esprit, habitué de bonne-
heure à se modifier d'une certaine
manière ; à attacher aux objets
certaines idées ; à se faire enfin un
système lié d'opinions, vraies ou
fausses , éprouve un sentiment
douloureux, lorsqu'on entreprend
de donner une impulsion nouvelle,
une direction différente à ses mouvemens habituels : de-même que
les organes de la voix une fois
accoutumés à se mouvoir d'une
certaine manière, souffrent beaucoup, quand on veut leur en faire
prendre une autre. Voilà pourquoi
l'on demeure attaché aux anciens
préjugés.

La paresse, défaut si commun
à l'humanité, est une autre cause
qui, se joignant à l'habitude, nous
entretient aussi dans les anciennes

erreurs : on aime mieux suivre le
torrent, que de discuter un auteur
qui attaque les vieilles opinions ;
il faut, pour cela, de la réfléxion,
de l'activité ; la paresse abhorre
souverainement l'une et l'autre.
« Nous aimons mieux » dit un
ancien philosophe (1), « croire une
« chose que l'on nous assure véri-
« table, que de nous livrer à un
« long éxamen, à une étude péni-
« ble. Il est bien plus aisé » continue-t-il » de suivre le cours des
« choses » : d'où il conclud que
c'est ainsi que la plus grande partie
des hommes se laisse emporter au
torrent des opinions, et s'abandonne
à l'erreur, par l'éxemple d'autrui.
Enfin, il est certain qu'on ne peut
abandonner une opinion ancienne

---

(1) *Unusquisque mavult credere, quàm judicare.*
Nunquàm de vita judicatur, semper creditur ;
versatque nos, et præcipitat traditus per manus
error, alienisque perimus exemplis.
SENEC. de Vit. beat.

et en embrasser une nouvelle, sans se dire tacitement à soi-même, qu'on a long-tems vécu dans l'ignorance et dans l'erreur. Or un aveu pareil offense l'amour-propre, surtout quand on est à un certain âge.

Tels sont les motifs qui tiennent tant de personnes attachées aux anciens abus, aux préjugés anciens, et rendent infructueux les livres qui les combattent! Je répète donc, que, si je ne puis obtenir des partisans du duel, qu'ils renoncent à leur aveugle prétention, je n'en serai point surpris. Je ne perdrai cependant pas courage, et ne croirai point avoir travaillé inutilement; car, si mon livre ne trouve guère d'approbateurs parmi les gens prévenus en faveur du duel, et remplis des fausses maximes du point-d'honneur (seules causes de cette prévention), il pourra se promettre une destinée plus heureuse auprès de cette tendre jeunesse, qui ne connoît point encore le grand-monde. Pour qu'il obtienne son approbation, il me suffit de desirer qu'il lui tombe entre les mains : le langage simple et clair de la vérité, que l'on y reconnoîtra, je m'en flatte, se fera sans-doute entendre de cet âge uniquement destiné à l'instruction, également libre d'ailleurs des préjugés et des passions, qui, chez les gens du monde, en retardent ordinairement les progrès. La jeunesse, à ce moyen, fermement persuadée de l'extravagance et de l'énormité de cet abus, résistera fortement, lors de son passage des écoles dans le grand-monde, aux insinuations et aux exemples de ceux qui le favorisent. Ceux-ci cessant enfin d'éxister, et la société se trouvant composée d'une génération nouvelle, plus cultivée, plus éclairée; la vérité triomphera totalement de la plus cruelle, de la plus déraisonnable prévention qui jamais soit entrée dans la tête des hommes; et j'aurai pleinement atteint mon but.

CHAPITRE II.

Si le Duel a été connu des Grecs et des Romains.

SI NOUS PRENONS le duel dans sa signification la plus étendue; c'est-à-dire, si nous appellons de ce nom, le combat particulier qui aura lieu entre un nombre déterminé de personnes, de quelque manière et avec quelque sorte d'armes qu'il s'éxécute: on aura eu visiblement raison de dire qu'il est inutile d'en rechercher scrupuleusement l'origine. De tout tems, l'esprit de discorde a régné sur la terre; conséquemment, il y a eu des querelles, des combats, presqu'au même moment qu'il y a eu des hommes. Mais ce n'est pas-là l'idée que nous avons du duel aujourd'hui: nous entendons, sous cette dénomination, un combat prémédité, un combat concerté entre deux personnes, pour venger ou pour maintenir leur honneur; et dès que nous resserrons ainsi l'acception de ce mot, il nous est impossible d'admettre au duel, une origine si éloignée. Il n'est donc pas inutile de la rechercher.

Ceux qui l'ont attribuée aux Grecs, se sont trompés grossièrement. Une nation élevée d'après les plus sages institutions des Egyptiens et des Phéniciens, deux peuples les plus instruits qui fussent alors sur la terre; une nation qu'on admire encore, et qui, malgré son ancienneté, continue d'être seule l'école du genre humain, ne s'imagina jamais qu'il fût très-honorable à un citoyen, de tirer l'épée, pour se faire justice à lui-même; ou que, pour faire oublier un affront, on dût s'exposer au danger de périr sous les coups de celui de qui on l'avoit reçu. Cette nation, au-contraire, mit toute sa gloire à pratiquer généreusement la vertu de la patience.

Eurybiades, général des Grecs alliés, ne pouvant s'accorder avec *Thémistocles*, qui commandoit les Athéniens, sur l'endroit par où il étoit à propos d'attaquer les Persans, se laissa transporter par la colère, au point de le menacer de son bâton. Une action si brutale eût fait tout-de-suite, mettre l'épée à la main à un de nos officiers : *Frappe*, lui dit, sans s'émouvoir, le héros Athénien ; *mais écoute*........ La célèbre victoire de Salamine fut le fruit de sa tranquillité.

Exilé par les brigues de ce même *Thémistocles*, dont il étoit le rival, *Aristides* rappellé ensuite, n'employa, vis-à-vis de lui, d'autre vengeance, que l'amour du bien public, la justice et la raison. Revenu dans la Grèce, qui se voyoit attaquée par *Xercès*, il se rend.

auprès de *Thémistoclès*, et lui tient ce beau discours, que *Plutarque* a pris plaisir de rapporter dans sa vie: « Si nous sommes sages » lui dit-il, « nous renoncerons désormais à « cette vaine et puérile contestation « qui nous a divisés jusqu'à présent; « nous nous proposerons un motif « d'émulation plus honorable et « plus salutaire, en cherchant qui « de nous deux réussira le mieux « à sauver la Grèce; vous, en com- « mandant et remplissant le devoir « d'un bon capitaine; moi, en vous « obéissant, en vous aidant de ma « personne et de mes conseils. »

Les Grecs, à la vérité, ne laissèrent pas quelquefois de se venger; mais leur vengeance étoit absolument différente de la nôtre: ils n'usèrent que de celle que les loix autorisent; c'est-à-dire, de l'appel et de l'accusation devant les juges, comme nous aurons occa- sion de le démontrer plus loin;

Je conviens que l'Histoire Grecque nous présente un grand nombre de combats singuliers qui étoient indiqués.

Hector se battit contre Ajax; Diomède contre Enée; celui-ci contre Turnus; Ménélas contre Paris: mais aussi est-il hors de doute que ces différens personnages étant tous autant de petits souverains, revêtus conséquemment du droit de guerre; une critique judicieuse ne nous permet point de reconnoître, dans leurs combats, l'origine de ceux dont nous parlons.

Nos duels sont aussi éloignés de ceux des Grecs que je viens de citer, que le sont les contestations particulières, de celles qui intéressent un Etat entier.

Quelques-uns se sont flattés de pouvoir trouver cette origine chez les Romains; peut-être parce-que l'on rencontre souvent le mot Duellum, dans les anciens Auteurs Latins; peut-être aussi, parce-que l'Histoire Romaine nous offre un

grand nombre de combats singuliers; ceux, par exemple, des
Horaces et des *Curiaces*; de *Titus-
Manlius*; de *Marcus-Valerius*; de
Lucius-Sicinius, de *Servilius* et de
plusieurs autres : mais cette seconde
opinion a moins de fondement
encore, que la première.

Les expressions usitées chez les
écrivains anciens, doivent s'inter-
préter d'après les usages de leur
tems, et non d'après les nôtres;
car l'acception des mots, qui dépend uniquement des hommes, est
sujète à changer par le laps du
tems : or il est incontestable que
le mot *Duellum* a éprouvé cette
variation.

Ce mot ne signifioit pas alors,
comme chez nous, un combat singulier; mais une guerre. C'est pour
cela que *Plaute* dit; « que l'armée
« revenoit, après avoir mis heureuse-
« ment fin à un *grand duel*, et qu
« l'on faisoit des vœux pour les du
« que le Peuple Romain avoit avec

« Carthaginois et les Gaulois ». Il y
a plus : pour adoucir et rendre plus
facile la prononciation de *Duellum*,
on en fit, par la suite, Bellum;
comme de *Duellona*, Bellona;
de *duonum*, bonum; de *duis*, bis.

Quant aux combats singuliers
et convenus, que je viens de citer
plus haut, il faut remarquer qu'ayant
tous eu lieu dans un tems de guerre,
et entre des personnes tirées de
deux armées ennemies; c'est-à-dire,
qu'ayant été faits sous l'autorité
publique, et pour la cause publique,
il est visible que, semblables à ceux
des Grecs, ils n'ont rien de commun
avec les duels dont nous parlons,
et qui se font d'autorité privée.

Il n'est aucun ordre de personnes
que les Romains méprisassent autant que les gladiateurs. Peut-on
croire qu'ils eussent voulu se rap-
procher d'eux, par l'usage du duel?
Et, si cet usage leur étoit familier,
pourquoi *César* n'envoya-t-il pas un
cartel à *Caton*, ou *Pompée* un à *César*,
dans

dans les occasions où ils s'outra-
geoient réciproquement?

Pourquoi *Agrippa*, quand le fils
de *Cicéron* lui jetta une tasse à la
tête, ne lui en proposa-t-il pas un?

Pourquoi *Lentulus*, *Domitius* et
Scipion furent-ils honorablement
conservés dans leurs emplois, quoiqu'ils ne se fussent pas battus, après
s'être dit des injures fort graves,
en public?

Les gens instruits connoissent la
célèbre rivalité de *Crassus* et de
Pompée; ils étoient rivaux en
gloire et en pouvoir: rivalité qui
datoit du tems où ils combattoient
ensemble, sous les ordres de
Scylla, contre la faction de *Ma-
rius*: jamais cependant il n'y eut
entr'eux, de voies de fait; et
Crassus s'étant porté à demander
le Consulat en-même-tems-que
son rival, celui-ci loin de traverser
son élection (ce qui lui eût été
fort aisé, vu le crédit dont il
jouissoit), s'employa, au-contraire

B

ITÉ
, déclarant
'auroit pas
ses conci-
n   Crassus pour
eu   en auroit dé
n

e continua de régner
dant tout le tems de
i r a ure, malgré les instan-
erées du peuple, pour leur
liation. Enfin le moment de
émission étant arrivé, Crassus
ant de dessus son siège,
s'approchant de son collègue:
« Romains » dit-il « je ne crois pas
« m'avilir, en faisant les premières
« démarches vis-à-vis d'un homme
« que vous avez décoré du surnom
« de *Grand*, lorsqu'il étoit encore
« à la fleur de son âge, et à qui
« vous avez décerné deux fois les
« honneurs du triomphe, avant
« qu'il fût Sénateur ». Au même
instant, il présenta sa main à
Pompée, qui, de son côté, répondit à son obligeante invitation.

César a cru digne de passer à la postérité, l'exemple d'une émulation singulière, entre deux de ses centurions, *Pulphion* et *Va-renus* (1).

L'un et l'autre se disputoient sans-cesse la gloire d'être le plus brave, et chacun d'eux vouloit être préféré à son rival. *Pulphion* un jour, au plus fort d'une mêlée, défia *Varenus*. «Voici» lui dit-il, «l'occasion de terminer notre an-«cienne querelle : voyons qui de «nous deux fera preuve de plus de «valeur». A l'instant même, il sort des retranchemens, et se jette au milieu des ennemis. Piqué d'honneur, *Varenus* le suit. *Pulphion* tue un des ennemis ; mais aussitôt il se trouve enveloppé. *Varenus* accourt à lui, le délivre, et se voit en-même-tems exposé au danger dont il vient de tirer son émule, qui le délivre à son tour.

(1) DE BELL. GALL. *lib. v.*

Les deux rivaux, à ce moyen, se dûrent réciproquement la vie, et le mérite de la bravoure resta encore indécis entr'eux. C'étoient là les duels des Romains.

Peut-être m'opposera-t-on le défi qu'*Antoine* envoya à *Auguste*, pour l'engager à terminer de cette manière, leur contestation sur l'empire du monde: mais celui-ci, loin de se croire obligé de l'accepter, n'ayant fait que se moquer de la folie de son adversaire; et, de son côté, le peuple Romain ayant généralement approuvé sa conduite, comme appartenant à un homme sage; tandis qu'il regarda le procédé d'*Antoine* comme un coup du désespoir: il est clair que ceci, au lieu de contrarier mon opinion, vient au-contraire l'appuyer.

Reste-t-il encore quelques doutes sur ce point? il suffira, pour les dissiper, d'ouvrir les Loix Romaines: on verra qu'il n'y est nullement question du duel.

Or je demande s'il est croyable que ces loix, qui furent l'ouvrage de la plus profonde sagesse; ces loix qui traitent avec tant d'attention, même des plus petites injures, eussent négligé un délit si nuisible; un délit qui occasionne tant de morts, et par lequel un particulier usurpe une partie si considérable du Pouvoir Souverain, si ces loix en eussent vu quelques traces dans l'État (1)?

---

(1) *Baldus*, plusieurs autres jurisconsultes de son tems, et, après eux, tous ceux qui ont écrit sur les *Loix d'honneur*, citent ordinairement six ou sept loix, pour prouver que, chez les Romains, le duel étoit permis: mais ceci, loin d'établir la solidité de leur opinion, ne fait que démontrer plus évidemment, l'ignorance de cette sorte d'écrivains.

Justinien, dans ses INSTITUTES, *de Hæred. ab intestat. §. per contrarium*, décide que le fils ne succédera point à son père, qui, après sa mort, sera déclaré coupable de Lèse-Majesté: et la loi *Donat. ff. de Don.*, porte que les donations, après un tel délit, ne sont point valables. Or, comme ce délit, chez les Latins, s'appelloit *perduellione*; ce mot, comme s'il étoit dérivé de *duellum*, fit croire à quelques auteurs, que les

B 3

Il est donc évident que les combats singuliers et ajournés, de citoyen à citoyen, étoient entièrement inconnus aux Grecs et aux Romains.

On doit en dire autant des Égyptiens, des Phéniciens et des Chinois: tous ces peuples, si estimables pour la sagesse de leurs mœurs et de leurs loix, ne connurent certainement d'autres règles, que la raison, pour terminer les querelles particulières.

Romains connoissoient le duel, ou que c'est du duel qu'ils parloient.

Les autres loix, que l'on rapporte si volontiers à ce sujet, regardent toutes, les combats des gladiateurs, ainsi que les autres combats usités dans les spectacles, et que l'on a mal-à-propos confondus avec le duel.

Quelques-unes de ces loix ont eu en vue les assassins, les empoisonneurs; et, dans ce nombre, la loi *Negantes, Cod. de Act. et de Obligat.*, quoique citée plus fréquemment que les autres, n'a pour objet, comme l'observe le marquis *Maffei*, que de prohiber les actes de violence contre les créanciers.

CHAPITRE LII.

Des anciens Peuples Septentrio-
naux, et si c'est à eux qu'on
doit attribuer le Duel.

A-MOINS-QUE de vouloir s'arrêter
à quelques antres de la Sibérie et
de la Laponie, il ne faut pas se
former l'idée de ce qu'étoit le
Septentrion, du tems de *César* et
de *Tacite*, d'après l'état où nous
le voyons aujourd'hui. Cette partie
de l'Europe qui a donné le jour aux
Leibnitz, aux *Wolff*, aux *Puffen-*
dorff, aux *Eïnèces*, aux *Brucker*;
c'est-à-dire, à nos meilleurs insti-
tuteurs dans la philosophie et la
morale; dans les sciences et les
loix, étoit aussi inférieure à
l'Italie, que le sont à-présent les
Sauvages de l'Amérique aux nations Européennes. L'agriculture

B 4

étoit presqu'entièrement négligée,
à plus forte raison, les arts de luxe
et de commodité. Les chairs mal
apprêtées des animaux que l'on
tuoit à la chasse, étoient les mets
les plus exquis; l'usage même de
l'écriture étoit tout-à-fait inconnu.

Cette extrême grossièreté et ce
défaut de toutes les aisances de
la vie, chez les anciens Peuples
Septentrionaux, rendoient moins
nécessaires les secours mutuels;
chacun, à ce moyen, se suffisant,
pour ainsi dire, à lui-même, on se
dispensoit presqu'absolument, de
toute communication réciproque.

Ces peuples, selon *Tacite* (1),
ne demeuroient point dans des villes
et ne pouvoient même souffrir que
leurs maisons se touchassent. Si
nous voyons le contraire chez les
nations policées; si nous trouvons
la société établie; s'il y a une très-
grande communication récipro-

_____

(1) *De Morib. German.*

que; si la vie conséquemment, y est plus douce, c'est uniquement l'effet de cette foule de besoins imaginaires, devenus nécessaires par l'habitude. Les pompeux éloges que quelques auteurs nous font aujourd'hui de la simplicité et de la frugalité des peuples sauvages, sont donc bien déplacés, bien chimériques et bien dépourvus de fondement ! Une extrême liberté, qui ressembloit beaucoup à celle de l'état de nature, étoit le fruit de ce peu de communication, comme la vengeance privée étoit une suite de cette liberté sauvage.

En effet, comment ces peuples pouvoient-ils être si peu assujettis à une autorité publique ? Comment se pouvoit-il que leurs chefs eussent plutôt le pouvoir de persuader, que le droit de commander, sans qu'il en résultât que chacun fût le seul arbitre, ou à-peu-près, de ses propres droits ; le seul juge dans sa propre cause ? Et comment cela pouvoit-il arriver, sans que la force prenant la place de la raison, devînt en-même-tems un sujet de guerre entre les familles particulières? ce qui fait, chez les nations policées, l'objet du droit civil, et sur quoi s'étend la vénérable autorité des loix (1).

« Lorsqu'un homme se trouvoit « tué » dit un moderne qui a écrit l'histoire de ces peuples (2), « la fa-

---

(1) *César* nou: n *, dans sa *guerre des Gaulois*, (*liv. VI, chap. VI*) que le suprême magistrat, qui, pendant la guerre, possédoit chez eux, le droit de vie et de mort, le perdoit à l'arrivée de la paix. Et *Tacite*, en parlant des *mœurs des Germains*, nous apprend qu'en tems de paix, l'autorité de leurs chefs, ou rois, étoit peu considérable et très-bornée ; que l'on ne soumettoit à leur jurisdiction, que des choses très-peu importantes, sur lesquelles ils ne pouvoient même pas délibérer, sans en avoir informé le peuple auparavant, et sans avoir obtenu son approbation : à quoi il faut joindre, selon la remarque d'un autre écrivain, que, pour le plus léger soupçon de tyrannie, on les dépouilloit de leur dignité ; au moyen de quoi, c'étoit moins l'autorité, que l'exemple, qui les distinguoit des autres.

(2) P. BARRE, *Hist. d'Allemagne*, Tom. I. *Dissert. sur les combats.*

« mille du mort en demandoit satis-
« faction aux parens de celui qui
« avoit commis le délit; et si un
« accommodement ne pouvoit ter-
« miner cette affaire, les deux partis
« se faisoient la guerre. »

La même chose devoit arriver
dans le cas du vol, ou de quelques
autres injures; puisque, chez ces
nations violentes et féroces, tous
les délits, excepté la rebellion et
la poltronnerie volontaire (qui
étoient punies de mort) s'expioient
par des compensations : par éxemple, au moyen d'une quantité dé-
terminée de bled, de bestiaux, que
l'on donnoit à l'offensé, ou à sa
famille (3).

_____

(3) Si, dans le moyen âge, toutes les
punitions se réduisoient à des peines pécuniaires,
on ne doit regarder cela que comme la continuation
d'un même usage. Dans ces tems malheureux, la
vie des hommes; la mutilation des membres, le
vol, l'inceste, l'empoisonnement, tous les délits
enfin étoient évalués au poids de l'or. Quiconque
avoit 400 sous, c'est-à-dire, 400 écus, pouvoit

Ces guerres privées étoient
d'autant-plus inévitables, que ces
peuples étoient toujours armés.
Jamais ils ne délibéroient sur aucune affaire publique ou particulière, sans leurs armes, qu'ils ne
quittoient pas, même dans leur
propre maison. Ajoutons à cela,
que la force du bras et le courage
étoient, chez eux, les seules règles
pour fixer le dégré de gloire, et

---

impunément, assommer un évêque; 200 suffisoient
pour un prêtre; autant pour le vol, ainsi que pour
avoir empoisonné quelqu'un avec des herbes.

Dans les loix des Lombards, on fixe le prix de
chaque membre d'un homme ; on y prescrit
combien de sous doit payer celui qui a coupé tel
membre à un autre, et combien il faut pour tel
autre membre : on les y fait passer tous en revue,
en prescrivant le taux auquel doivent être portées
les dents, tant les mâchelières, que celles de
devant.

« Une telle jurisprudence » dit un célèbre
écrivain moderne « paroîtra à quelques-uns,
« pleine d'humanité : au fond cependant, elle est
« plus cruelle que la nôtre, puisque là loi la plus
« douce, est celle qui opposant le frein le plus
« terrible à l'iniquité, prévient, à ce moyen, un
« plus grand nombre de délits. »

que ces deux qualités étoient les
seules qui conduisissent aux dignités
et aux honneurs. Leur éducation
les avoit si précisément pour objet
unique, que toutes les sages institutions qui auroient pu tendre à
former l'esprit, n'y étoient pas seulement négligées, mais abhorrées.

Le reproche amer, que les chefs
des Goths adressèrent à la reine
Amalasunte, quand ils virent qu'elle
élevoit dans les sciences, le jeune
Athalaric, et qu'elle avoit mis
auprès de lui, les plus habiles
maîtres qui fussent en Grèce et
à Rome, prouve évidemment l'extravagante façon de penser des
anciens Germains, sur le chapitre
de l'honneur. Ils lui représentèrent
avec dureté, « que l'étude étoit
« contraire à la valeur; que les
« leçons des sages n'étoient propres
« qu'à abattre et amollir le cœur
« d'un jeune homme; qu'un Prince
« destiné à de grandes entreprises
« devoit être élevé dans l'exercice

« des armes, et non dans l'appli-
« cation aux sciences ». Ils ap-
puyèrent cette remontrance, de
l'exemple de *Théodoric*, qui n'avoit
jamais permis aux Goths, d'envoyer
leurs enfans aux écoles publiques,
et qui disoit ordinairement, que
« ceux qui sont accoutumés à
« craindre le fouet, n'auroient
« jamais le courage de mépriser
« une épée » : d'où ils concluoient
« qu'il falloit congédier tous ces
« maîtres, et faire venir à leur
« place, à côté de leur jeune roi,
« de jeunes seigneurs qui lui inspi-
« rassent de la bravoure, de l'audace
« et des sentimens conformes au
« génie de sa nation » (1).

　　Rome elle-même, dans son origine, ne connoissoit d'autre occupation, que celle de combattre ;
ni d'autre plaisir, que celui de
vaincre, et faisoit même profession
de détester les lettres, puisque l'on

---

(1) *Procop.* de Bello Goth. *lib. 1, cap. 2.*

y croyoit aussi qu'elles rendoient l'homme pusillanime.

C'est pour cela même, que furent renvoyés sur le champ, les philosophes que la Grèce y députa, et que le Sénat, au même instant, ordonna qu'à l'avenir les portes de la ville fussent exactement fermées à cette sorte de gens.

Les Romains de ces tems-là n'auroient jamais imaginé que les généraux, qui, dans la suite, devoient faire le plus de bruit dans la République; qui devoient étendre davantage les bornes de l'empire; que les *Scipion*, les *Lucullus*, les *Pompée*, les *César* seroient en-même-tems, des philosophes profonds: comme les anciens Peuples Septentrionaux ne se seroient jamais doutés que, de nos jours, leur pays dût produire les *Pierre*, les *FRÉDÉRIC*; c'est-à-dire, les plus habiles généraux, et tout-à-la-fois, les plus zélés protecteurs des lettres.

La sauvage indépendance et la brutale férocité qui règnoient chez ces peuples, faisoit donc parmi eux, un sujet de guerre, de ce qui est, dans les États bien réglés, l'objet du droit civil.

C'est en considérant cet usage, que plusieurs écrivains ont attribué à ces peuples, l'origine de notre duel : mais l'application est fausse ; car, quoiqu'ils eussent recours à la force pour terminer leurs différends (ce qui a lieu dans le duel), il s'en faut bien cependant que l'on puisse comparer un combat particulier entre deux citoyens, à un combat pour lequel se réunissent toutes les personnes d'une même famille ; puisque ce dernier est véritablement une guerre.

D'ailleurs, si, de-ce-que la force terminoit toutes les disputes chez les anciens Peuples Septentrionaux, on vouloit en inférer l'origine que nous recherchons maintenant ; on pourroit, par la même raison, la montrer chez beaucoup d'autres peuples qui se sont trouvés dans la même position que les anciens Germains. Eh ! quelle est la nation qui ne s'y soit pas trouvée un jour ? La Grèce, qui se distingua si fort dans tous les genres, étoit précisément dans le même cas, lors de son origine : n'y ayant alors aucune puissance prédominante qui donnât la loi, la violence décidoit de tout.

Me demandera-t-on à-présent, où l'on peut fixer avec certitude, l'époque d'un pareil abus ? Je répondrai qu'en suivant le passage de ces peuples dans les Provinces Romaines, on ne tardera pas à la trouver.

CHAPITRE IV.

Du passage des anciens Peuples Septentrionaux dans l'Empire d'Occident, et du Duel judiciaire qui s'y introduisit ensuite. Décadence du Duel judiciaire, et naissance du Duel extrajudiciaire, ou pour cause d'honneur.

La conquête que firent ces peuples, après le quatrième siècle, des plus belles Provinces Romaines, et leur séjour qu'ils y établirent ensuite, altérèrent sensiblement, la simplicité de leurs premières mœurs. L'opulence dans laquelle ils nagèrent alors; la propriété des terres, qu'ils introduisirent; conséquemment l'usage de la monnoie, qu'ils adoptèrent constamment; les connoissances qu'ils acquirent; l'exemple même des peuples conquis, avec lesquels ils se mêlèrent, leur faisant goûter une infinité de commodités inconnues auparavant, leur procurèrent aussi un nombre infini de besoins et de passions, dont précédemment ils n'avoient point eu l'idée; et ces passions naissantes dûrent produire chez eux, une foule d'injustices que, jusqu'à ce moment, ils avoient ignorées.

En effet, si dans leur pays natal, les anciens Allemands bornoient leurs besoins presqu'au simple nécessaire, l'envie de les satisfaire ne devoit pas, comme on le voit, faire naître beaucoup de contestations, puisqu'à cet égard, la nature pourvoit facilement à tout : mais ces peuples s'étant accoutumés ensuite à regarder comme nécessaires les commodités de la vie & les raffinemens du plaisir; tout le monde n'étant pas à portée de se les procurer aisément, il est clair que la multiplicité des concurrens dût

occasionner des débats continuels,
qui, dans les premiers tems, n'a-
voient pas eu lieu.

Ce changement si considérable
dans les mœurs primitives, en
éxigeoit visiblement un total dans
la constitution politique : il deve-
noit indispensable de donner au
Gouvernement, une forme plus
stable, plus constante (1) ; car, si
l'augmentation des passions et des
besoins avoit rendu les querelles
beaucoup plus nombreuses, com-

---

(1) Règle générale : à mesure qu'une nation
s'éloigne de la barbarie et se civilise, le
Gouvernement doit aussi se perfectionner, et le
plus petit défaut peut occasionner sa ruine, parce-
que les moyens de nuire se multiplient en même
raison que ceux de jouir, et que l'acquisition de
nouvelles connoissances, fait naître aussi de
nouveaux moyens d'être méchant.

« Une nation adonnée au commerce et à la
« marine » dit à ce propos un grand politique,
« a besoin d'un Code de Loix plus étendu, qu'une
« autre qui se contente de cultiver ses terres. Il en
« faut un plus ample à celle-ci, qu'à une nation
« qui ne vit que de ses bestiaux ; enfin, l'on doit
« en donner un plus considérable à cette dernière,
« qu'à un peuple qui ne vit que de la chasse. »

ment pouvoit-on conserver encore
cette liberté sauvage, qui ne décidoit qu'avec l'épée, sans que la
société s'acheminât vers son entière
destruction ?

Le besoin instruisit ces peuples :
ils formèrent un corps de loix
stable et fixe ; établirent ensuite
des magistrats perpétuels, chargés
d'en diriger l'exécution, et firent
ainsi disparoître l'ancienne liberté ;
ce qui toutefois n'empêcha pas
que la force ne fût l'arbitre des
querelles particulières. La superstition en fut la cause : et où la
superstition ne s'introduit-elle pas,
dans les siècles d'ignorance ?

Ces peuples faisoient intervenir
la Divinité dans les plus petites
choses : ils s'imaginoient sur-tout,
selon la remarque de *Tacite*,
qu'elle présidoit spécialement aux
combats ; et cette idée leur fit croire
que le meilleur moyen, pour s'assurer de la vérité des faits et des
raisons, dans les cas douteux,

et par conséquent de rendre les jugemens conformes à l'équité, étoit de faire combattre, l'un contre l'autre, ceux qui étoient en contestation. La ferme persuasion où ils étoient que l'Être Suprême auroit soin que l'innocence & la raison triomphassent toujours dans de pareils combats, introduisit l'usage des *duels judiciaires*, dans presque tous les Tribunaux.

Quelqu'un se trouvoit-il accusé d'un délit dont on ne pouvoit le convaincre ? s'élevoit-il quelque dispute sur la propriété d'un fonds ; sur l'état d'une personne ; sur le sens d'une loi ? le Juge ordonnoit le duel. L'accusateur et l'accusé, le plaignant et le coupable se battoient sous les yeux des Ministres de la justice, dans des enceintes construites à cette fin. Celui des deux qui succomboit, étoit regardé comme déclaré coupable, par le jugement.

de Dieu; et on le condamnoit (1).
Il semble que le Christianisme,

---

(1) L'Empereur *Othon I* ayant consulté, vers l'an 968, des Docteurs, pour savoir si la *Représentation*, *en ligne directe*, doit avoir lieu, et les ayant trouvés d'avis différent, nomma deux champions, pour décider, à la pointe de l'épée, cette question de Droit. La victoire étant échue à celui qui soutenoit la représentation, l'Empereur ordonna qu'elle eût lieu à l'avenir.

Paul Diacre rapporte, au chap. 49 du liv. 49, que *Gundeberge*, femme du Roi *Rodoalde*, ayant été accusée d'adultère, ne fut tirée de prison, que lorsqu'un de ses serviteurs, nommé *Carel*, offrit à son accusateur de prouver sa chasteté par le duel. Il fut vainqueur, et la Reine reprit sa première dignité.

L'histoire nous fournit un autre trait tout semblable à celui-ci. *Engelberthe*, ou *Engelberde*, fille du Duc de *Spolette* et veuve d'un Prince, devenue ensuite femme de *Louis II*, dit le Jeune, Empereur d'Occident, fut accusée du même crime que *Gundeberge*, au retour de *Louis* dans ses Etats, par celui qu'il avoit nommé pour les gouverner pendant son absence. La coutume barbare dont nous parlons, autorisant alors les accusations les moins vraisemblables, il ne restoit à cette Impératrice innocente & malheureuse, d'autre ressource pour se laver de cette honteuse et désolante imputation, que la ridicule épreuve de l'eau et du feu, à laquelle elle étoit résolue de se soumettre; mais *Bonose*, ou *Boson*, Duc d'Arles, ayant offert le duel au calomniateur,

auquel tous ces peuples furent
initiés, quelque tems après leur
établissement dans les pays conquis,
auroit dû les faire revenir d'une
pareille superstition ; car, qu'y
a-t-il de plus contraire à ses
maximes, que de tenter Dieu en
lui demandant des miracles? Mais,
comme l'ignorance porte l'homme
à abuser des plus grands biens et

---

et le hazard ou la force ayant bien servi une cause juste, le généreux champion, devenu vainqueur, força l'imposture à rendre publiquement hommage à la vertu d'*Engelberthe.*

Alphonse VI, Roi de Castille, voulant abolir dans son royaume l'Office Mozarabique, pour y substituer le Romain ; mais n'ayant pu y faire consentir ni le Clergé, ni la Noblesse, ni le peuple, prit le parti, pour faire décider la chose, de faire battre ensemble deux Chevaliers, l'un en faveur de l'Office Romain, l'autre pour le Mozarabique. Le Champion de l'Office Romain fut battu ; mais *Alphonse* ne s'en tenant pas à cette épreuve, on eut recours à celle du feu, en y jettant deux Missels. Le Missel Romain fut séduit en cendres ; le Mozarabique ne fut, dit-on, nullement endommagé : à ce moyen, il prévalut.

des

des meilleures choses, il arriva tout le contraire.

La connoissance des prodiges opérés autrefois par la Divinité, pour confondre le vice, pour délivrer l'innocence, et desquels ils furent instruits en embrassant le Christianisme, les confirma davantage encore dans l'idée où ils étoient que Dieu daigneroit faire en-sorte que, dans le duel, l'innocent demeurât vainqueur. En conséquence de cette opinion, les combattans, avant de se rendre au champ de bataille, alloient se jetter au xpieds des Autels; des Prêtres récitoient quelques éxorcismes composés à cette intention; ils leur disoient la Messe, et ne dédaignoient pas même de leur donner la Sainte Hostie, gage de la paix.

Cruelle superstition ! étrange Jurisprudence !....

Quel innocent ne se trouvoit pas exposé à la dure et fatale alternative ou de succomber tout-

à-fait sous les coups de son adversaire, ou de perdre, et peut-être
par le plus cruel supplice, la vie
que celui-ci ne lui avoit pas ôtée ;
si malheureusement il joignoit à
son ignorance, la foiblesse du
corps, ou peu d'expérience au
métier des armes (1)? Quelle

---

(1) Les historiens du moyen âge nous
fournissent plusieurs exemples d'hommes foibles
et peu versés dans les armes, qui ont triomphé
des adversaires les plus adroits et les plus
robustes. Quelqu'un qui rencontreroit de pareilles
histoires, pourroit peut-être en conclure
que Dieu réellement approuvoit cette sorte
d'épreuve, et justifier ainsi les divers peuples
qui l'adoptèrent : ce seroit une grande erreur;
car l'incertitude du sort des armes est on ne peut
plus naturelle, et souvent il arrive, qu'avec tous
les avantages possibles, on est vaincu.

Si l'on m'oppose qu'il est certains cas où l'on
ne peut absolument douter d'une assistance
supérieure; si, par exemple, on a vu l'un des
combattans assisté par une troupe d'Anges, je
répondrai que la piété ne nous oblige pas à croire
tous les miracles contenus dans les histoires de
ces tems-là.

En lisant ces histoires, on se croit transporté
dans un autre univers ; le monde entier vous
paroît totalement bouleversé ; les élémens n'y
font point les mêmes fonctions qu'à-présent ; les

opinion d'ailleurs, si absurde qu'elle
fût, n'étoit pas sûre de s'établir

---

causes naturelles que l'expérience nous découvre,
n'y produisent plus les victoires, les pestes,
les disettes, les mortalités, enfin les différentes
révolutions : les prodiges, les augures, les
oracles, les jugemens divins se mêlent partout ;
on ne fait pas même difficulté d'attribuer aux bêtes,
le raisonnement et la connoissance de la Divinité,
les seules qui nous distinguent d'elles ; car on
leur fait chanter les louanges de Dieu ; on les fait
se mettre à genoux et saluer les images des Saints.
Or on n'a pas besoin de réfuter sérieusement
de pareils miracles, pour rendre leur fausseté
évidente ; ils ont tous les caractères du mensonge
et de l'imposture.

Mais, accordons, si on le veut, la réalité des
miracles que l'on nous raconte à propos du duel :
ces miracles n'arrivant pas nécessairement, et
n'étant pas fondés sur les promesses de Dieu,
c'étoit un mal d'en faire une pratique commune,
et de vouloir que dans chaque circonstance
semblable, la Divinité opérât le même miracle.

En effet, si l'on nous rapporte des exemples
de personnes innocentes, qui, forcées de se battre
contre un adversaire plus robuste qu'elles, sont
sorties victorieuses du combat ; on en rapporte
mille autres où elles ont succombé.

Saint Avite, Archevêque de Vienne en
Dauphiné, dans les représentations qu'il fit à
Gondebaud, Roi de Bourgogne, contre la loi par
laquelle il avoit autorisé le duel judiciaire, assure
positivement que ce sont les innocens qui y
périssent le plus fréquemment ; et le Roi

au préjudice de la vérité et de la
justice, lorsque, par hazard, un bras
plus adroit et plus vigoureux se
présentoit pour l'appuyer ?

Sous le règne de *Charlemagne*,
l'ordre se rétablit un peu dans les
procédures judiciaires. Ce Prince,
à la vérité, n'abolit pas tout-à-fait
le duel ; mais , outre qu'il le rendit
moins sanguinaire , en ordonnant
qu'il se fît avec le bâton et l'écu,
il prononça, dans ses Capitulaires
de l'an 805 , ainsi que dans d'autres,
que l'on n'auroit plus la liberté
d'éluder la déposition d'un témoin
qui feroit charge, en offrant de se
battre contre lui, et que l'on ne
pourroit infirmer cette déposition
que par des raisons légitimes et

Luitprand, après avoir fortement exposé les
inconvéniens d'une semblable pratique, ajoute ;
« les jugemens de Dieu sont incompréhensibles,
« et nous savons que le sort des armes a souvent
« favorisé l'injustice ; mais nous ne pouvons
« abroger cette loi, à cause de l'usage où sont
« nos Lombards. »

bien prouvées ; ce qui rendit l'abus moins fréquent, parce-que le plus grand nombre des duels n'avoit précisément pour motif, que la liberté qui se trouva abrogée par cette loi.

Mais les loix de *Charlemagne* perdirent toute leur vigueur, lorsqu'on perdit celui qui en étoit l'ame.

Louis le Pieux n'avoit ni la force d'esprit de son père, ni l'autorité que procure ordinairement cette qualité ; au moyen de quoi, les duels sanguinaires dont *Charlemagne* avoit si heureusement arrêté le cours, au commencement du neuvième siècle, se renouvellèrent vers le milieu de ce même siècle, et continuèrent à faire couler de tous côtés le sang des citoyens, jusques vers le milieu du siècle suivant.

Les Savans n'ignorent pas qu'à cette époque se fit la découverte des fameuses *Pandectes de Justinien*, qui, vu les troubles perpétuels auxquels l'Italie avoit été en proie,

C 3

étoient restées jusqu'alors oubliées,
ou inconnues. Dans le même tems,
on retrouva aussi le Code et les
Novelles. Cet évènement ayant
fait prendre de la vogue au Droit
Romain , que l'on commença à
professer dans les écoles ; les
Tribunaux , dans beaucoup d'endroits , perdirent l'usage des loix
barbares , avec celui du duel judiciaire qu'elles autorisoient: tant
il est vrai que le hazard , comme le
dit un célèbre philosophe, a plus de
part qu'on ne le pense, dans le gouvernement du monde , et que les
plus grands évènemens , dans le
physique ainsi que dans le moral,
sont souvent l'effet de causes
presqu'imperceptibles.

L'étude des Loix Romaines
étant devenue plus générale dans
le treizième siècle, cet abus y fut
encore moins fréquent; et ces Loix
s'étant répandues presque par toute
l'Europe , à la fin du quatorzième
siècle ; l'usage du duel judiciaire

se trouva presqu'entièrement aboli dans tous les Tribunaux, et y fit place à un ordre de procédure plus raisonnable.

Mais, si le duel cessa d'être autorisé par les loix, du-moins conserva-t-il une autorité privée chez les militaires et les nobles, dans ce qu'ils appellent *Matières* d'*honneur*. Or cet abus est plus nuisible, et infiniment plus étrange que le premier : plus nuisible, parceque, substituant le caprice de chacun à la permission qu'auparavant il falloit obtenir du magistrat, les combats devenoient plus fréquens : plus étrange ; car, selon la remarque d'un politique fameux (1), s'il est vrai que toutes les cérémonies qui précédoient le duel, avoient quelque chose de bizarre et de ridicule, du-moins la Religion, l'autorité, la prudence y avoient-elles lieu, quoique d'une manière imparfaite :

_____

(1) *Sully*, Mémoires.

C 4

au-lieu qu'il n'y a rien que de monstrueux dans la conduite de deux spadassins qui, conduits par un instinct semblable à celui des bêtes féroces, vont furtivement tremper leurs mains dans le sang l'un de l'autre.

Telle est l'époque de nos duëls, puisque les combats qui, chez les anciens Peuples Septentrionaux, terminoient les contestations, ne se restreignoient pas à deux personnes, mais faisoient prendre les armes, comme nous l'avons vu, à toute la famille; au moyen de quoi, c'étoient autant de petites guerres: et, quant aux combats dont nous avons parlé dans ce Chapitre-ci, il est clair qu'ils ne se faisoient point d'autorité privée, ni entre personnes qui ne cherchassent qu'à se venger; mais que c'étoit une sorte d'épreuve que le Juge ordonnoit, pour découvrir le véritable auteur d'un délit, ou pour décider une question douteuse, en matière civile.

Il est donc certain qu'ils ne peuvent, en aucune manière, être assimilés à nos duels; et, de-là suit, que le duel privé, en matière d'honneur, doit reconnoître son origine au moment de la décadence du duel judiciaire.

L'extravagante et barbare institution de la Chevalerie, qui avoit alors la plus grande vogue, contribua singulièrement à un pareil abus. Quoi de plus capable, en effet, de multiplier à l'infini le nombre des duels, que l'obligation imposée publiquement aux candidats, et par eux contractée lors de leur installation, de ne souffrir patiemment aucun affront? obligation à laquelle ils se soumettoient par un serment solemnel. (1)

_____

(1) Cette folle et bizarre obligation leur étoit imposée par le moyen de ces paroles que leur adressoit le Prince, au moment qu'il les frappoit de l'épée sur la joue, ou celui qui faisoit la fonction de créer quelque Chevalier : « Ce coup » doit être la dernière injure que tu souffriras

Ce serment étoit regardé, selon la remarque d'un savant écrivain (1), comme le grand principe et l'appui de toute la Chevalerie. Non-seulement il obligeoit les Chevaliers à se venger par la voie des armes ; il les rendoit en outre très-délicats sur la nature des outrages, leur faisant un devoir de repousser la plus petite offense, par la violence et le duel. Les pères qui avoient été créés Che-

---

« patiemment ». C'est ainsi qu'elles se lisent dans la règle que *Décius*, célèbre professeur de droit à Bologne, publia l'an 1260, sur la création des Chevaliers.

Un recueil de la même année, publié par le *Redi*, dans les *Annotations* sur son *Dytirambe*, nous offre la même chose : on y voit un Chevalier, recevant *le Grade à Arezzo*; celui qui le reçoit, lui tient, selon l'usage, les discours que nous venons de lire.

Cette obligation s'impose aussi, dit-on, aux Chevaliers de Malthe, lorsqu'ils prennent l'habit; mais, dans le vrai, les paroles de leur Rituel disent seulement, que « le coup qu'ils reçoivent, « servira pour leur rappeller que c'est la dernière « offense à laquelle ils se soumettent »; et l'on ne voit là-dedans aucune obligation de se venger.

(1) *Basnage*, DE LA CHEVALERIE ET DU DUEL;

valiers, transmettoient ces incli-
nations sanguinaires à leurs enfans :
ils leur racontoient leurs faits
d'armes ; souvent ils leur faisoient
des descriptions fabuleuses de duels
contre des géans et des monstres ,
pour les animer toujours de-plus-
en-plus par leur éxemple. Ainsi le
mal s'augmentoit , ou du-moins
continuoit-il dans une famille,
jusqu'à-ce-qu'elle fût éteinte.

L'usage des joûtes et des tournois,
si communs dans ces tems-là, contribua beaucoup aussi à perpétuer
le duel, à augmenter même le
nombre de ses partisans ; car , si
de tels spectacles donnoient de
l'ardeur pour des combats réels ,
la honte d'avoir été vaincu dans
ces guerres simulées , faisoit naître
de sérieux desseins de vengeance ,
et le dépit qui animoit les combattans , leur inspiroit souvent de
la haine pour leur antagoniste.

Les Jurisconsultes qui fleurirent
alors dans l'Europe , remarquant

C 6

à quel point le duel étoit devenu
la passion dominante de tous les
gens de qualité, en firent le sujet
de leurs réfléxions, pour y trouver
une source inépuisable de con-
sultations, et conséquemment de
revenu.

Bartole et *Baldus* ne se conten-
tèrent pas de soutenir que les duels
étoient justes; ils les soumirent à
certaines loix; en prescrivirent les
règles, et se donnèrent la peine
d'éxaminer cent questions sur cette
matière; ce qui contribua encore
beaucoup à rendre cet abus plus
considérable, à le faire aller même
jusqu'à l'excès. Enfin, comme
l'observe l'Auteur que je viens de
citer, lorsqu'on vit les duels devenus
une matière juridique, et que les
plus grands hommes s'occupoient
sérieusement dans leur cabinet, de
questions qui y étoient relatives,
non-seulement chacun se dépouilla
de toute l'horreur que les duels
pouvoient inspirer; on fut même

jusqu'à se persuader qu'ils étoient innocens, justes et fondés sur des loix authentiques.

Il ne faut pas oublier que l'invention des *Romans* qui s'introduisirent à-peu-près dans ces tems-là, dûrent occasioñner aussi la fréquence des duels.

On sait que leurs inventeurs, choisissant quelques particularités des mœurs du Septentrion, et prenant à tâche d'en retracer les plus ridicules traditions, composèrent ces récits fabuleux, où leurs terribles champions veulent prouver tout avec les armes, et où l'on ne prend qu'une fausse idée de la force et de l'honneur. Il est donc visible combien la lecture de tels livres devoit nécessairement exciter au duel, l'ardente jeunesse qui en étoit déjà si avide !

Enfin la barbare complaisance que les Souverains témoignèrent pour un tel abus, servit plus que jamais à l'enraciner dans l'esprit

de la multitude : on le regardoit
comme pouvant servir à maintenir
l'esprit guérrier dans les troupes ;
d'où il arriva ou qu'ils ne le
proscrivoient pas, ou que, si quelquefois ils se trouvoient obligés
de donner des loix contre, ils ne
permettoient jamais que ces loix
fussent exécutées ; les éludant, soit
par des lettres de grace ou de
pardon, soit par les faveurs qu'ils
accordoient continuellement à ceux
qui les violoient.

Henri IV lui-même, tout habile qu'il étoit dans l'art de règner,
n'étoit pas éxempt de ce reproche (1). « Il veilloit si peu » dit son

---

(1) Ce Prince étoit tellement prévenu en faveur
du duel, qu'ayant été informé d'une querelle
qui s'étoit élevée dans le Conseil, entre les Ducs
de Sully et d'Epernon, et ayant appris que ces
deux Seigneurs s'étoient échauffés au point que
l'un et l'autre avoient voulu tirer l'épée (ce qui
seroit infailliblement arrivé, s'ils n'en eussent
été empêchés), il eut la foiblesse d'écrire sur
l'instant au premier, de louer son intrépidité, et
de s'offrir à lui servir de second contre son rival.

célèbre Ministre « à l'observation
« des Édits donnés par quelques-uns
« de ses prédécesseurs, contre l'u-
« sage inhumain du duel, que tous les
« jours on voyoit répandre beau-
« coup de sang pour des sujets fort
« légers. »

Louis XIV est le premier qui
se montra infléxible sur cet article :
l'auteur des savans *Essais sur*
l'Histoire universelle, observe sagement que « l'heureuse sévérité de
« ce Monarque, corrigea peu-à-peu
« la Nation Françoise, et en-même-
« tems les nations voisines, qui se
« conformèrent à des usages aussi
« raisonnables, après en avoir reçu
« d'eux de très-mauvais. »

J'ai prouvé que le duel a été
inconnu aux Grecs, aux Romains
et à tous les autres peuples les plus
sages et les plus éclairés de l'antiquité : j'ai fait voir comment la
sauvage indépendance dans laquelle
vivoient les anciens Peuples Septentrionaux, leur mettoit conti-

nuellement les armes à la main ;
et faisoit conséquemment chez
eux, un sujet de guerre, de ce qui
est chez les nations policées,
l'objet du droit civil : j'ai démontré
ensuite , que si cet abus s'est
introduit dans l'Europe, ce n'a été
qu'au moment où , soumise à ces
peuples barbares et féroces , elle
changea tout-à-fait de face. Le
duel n'est donc pas une institution
honorable , comme le prétendent
follement ses partisans ! c'est
un usage détestable , digne de la
férocité de son origine ; c'est
visiblement un reste de l'abominable barbarie des anciens tems ,
qui, dans ce siècle philosophique ,
doit être cruellement abhorré.

Analysons cet abus dans tous
ses points ; nous nous convaincrons
de-plus-en-plus de son énormité :
nous verrons qu'il renverse tous
les devoirs les plus sacrés auxquels les hommes soient assujettis ,
soit que l'on considère ceux que

nous prescrit la loi naturelle, soit
que l'on fasse attention à ceux qui
prennent leur source dans la Religion; soit enfin que l'on réfléchisse
à ceux qui se déduisent de la qualité
de citoyen.

CHAPITRE V.

Opposition du Duel au Droit naturel.

LE DROIT NATUREL, pris dans
sa plus grande extension, est
l'assemblage des devoirs que la
raison nous impose, tant envers
Dieu, qu'envers nous-mêmes et
nos semblables; au-lieu que le
droit naturel proprement dit,
n'embrasse que les deux dernières
espèces, puisque la première fait
partie de la théologie naturelle.

Je considérerai sous leurs rapports
les plus généraux, les deux classes
de devoirs qui sont particulièrement

du ressort du droit naturel, et
ferai voir que le duel les anéantit
totalement.

Rentrons en nous-mêmes pour
quelques instans ; séparons-y ce
qui est l'ouvrage des préjugés et
de la société, d'avec ce que la
nature y a gravé ; cherchons enfin
quels sont les véritables sentimens,
les vrais penchans qu'elle y a im-
primés envers nous, comme envers
nos semblables, et nous ne tarde-
rons pas à nous assurer de la
nature des devoirs que nous
cherchons à connoître.

Ce mot seul, *Droit naturel*,
prouve que ses principes doivent
être fondés sur la nature (1).

L'expérience nous démontre à
tous, que l'homme est un être
souverainement amateur de lui-

_____

(1) « Dieu est l'auteur de la loi naturelle » dit
très-bien le Père *Pinetti*, dans sa *Jurisprudence
naturelle*, dédiée à notre Auguste Souveraine ; « et
« la nature humaine est le code dans lequel cette
« loi se trouve écrite. »

même; mais cet amour est-il, comme le soutiennent quelques philosophes, l'unique sentiment qui règne dans le cœur humain? ou bien y a-t-il, comme d'autres le pensent, quelque principe particulier qui nous porte naturellement à procurer la félicité d'autrui?

Cette seconde opinion est si visiblement plus conforme au but que se proposa la nature, lorsqu'elle forma l'homme, que nous ne devons pas hésiter à la préférer à l'autre.

Eh quoi! l'homme, que la nature destina à vivre en société avec ses semblables, comme nous le montre évidemment ce qu'il y a de plus précieux dans les facultés dont il est pourvu; son organisation, sa foiblesse (si nous le considérons comme un être isolé); ses besoins: l'homme, dis-je, avec tout cela, sera naturellement insensible au bonheur ainsi qu'au malheur de ses pareils?... Peut-on croire que la sage nature se soit oubliée dans un point si important ; qu'elle s'y soit même contredite, et de la manière la plus frappante ?

Quelle plus grande contradiction, en effet, pourroit-on reprocher à la nature, que de nous avoir faits pour vivre en société, puis de nous avoir donné un instinct destructif de cette même société, tel que le seroit assurément l'amour de nous-mêmes, si réellement il étoit le seul mobile du cœur humain ?

Les réfléxions les plus simples sur la nature de l'homme, devroient donc convaincre les partisans de la première opinion, qu'elle est tout-à-fait sans fondement.

Mais, ils appellent l'expérience à leur secours.

« Ce qu'on nomme bonté ou sen-
« timent moral chez l'homme » dit le fameux *Helvétius*, le plus grand, peut-être, parmi les philosophes de cette trempe « n'est autre chose que
« la bienveillance envers ses sem-

« blables (1). Or cette bienveillance
« est toujours proportionnée à ce que
« ceux-ci lui procurent d'avanta-
« geux. Je préfère » continue-t-il ,
« mes concitoyens aux étrangers,
« et mon ami à mes concitoyens ,
« parce-que la félicité de mon ami
« se réfléchit sur moi ; parce-qu'il
« ne peut devenir ni plus riche , ni
« plus puissant, sans que je participe
« à ses biens et à son pouvoir ». Sa
conclusion est que « la bienveillance
« envers les autres, est uniquement
« l'effet de l'amour de nous-mêmes. »

Hobbes qui , environ un siècle
auparavant, avoit soutenu, avec
toute la chaleur possible, cette hypothèse de l'amour de nous-mêmes
et de l'utilité particulière , tenoit
à-peu-près le même discours (2).
« Si l'homme » disoit - il « aime
« naturellement son semblable ;

---

(1) De l'homme; de ses facultés intellectuel.
et de son éducation,
(2) *De Cive*,

« c'est-à-dire, en-tant qu'homme,
« pourquoi chacun, au-lieu d'aimer
« également les autres, fréquente-
« t-il, comme eux, ceux dont
« la compagnie lui procure de
« l'honneur et de l'avantage ? »

Plusieurs grands hommes ont excellemment bien réfuté l'objection de *Hobbes*. *Puffendorff*, entr'autres, a démontré que cette objection confond deux choses entièrement différentes ; la société générale avec les sociétés particulières, et la bienveillance universelle, qui n'a d'autre fondement que la conformité de la nature, avec l'amitié que font naître des causes particulières : d'où il a conclu que cette objection n'a pas la moindre solidité.

En effet, si chacun, au-lieu d'aimer également tout ce qui est homme, fréquente plus volontiers, à l'imitation des autres, ceux dont la compagnie lui procure de l'honneur et de l'avantage, cela fait voir que personne ne peut s'empêcher d'aimer ses aises, et que l'amour de nous-mêmes est plus fort que l'amour d'autrui : mais, il ne s'ensuit pas que l'amour d'autrui n'éxiste point.

Pour que l'on pût tirer cette conséquence, il faudroit que l'homme fût cruel, ou tout au-moins indifférent envers ceux dont il n'attend aucun profit ; ce qui est faux : on en voit une preuve incontestable dans la compassion, sentiment qui règne si puissamment chez les hommes, et les porte (indépendamment de toutes réfléxions, c'est-à-dire, machina-lement) à secourir les malheureux, lors même qu'ils ne leur appartiennent qu'à titre d'hommes. Et réellement, desirer que notre semblable ne souffre point, n'est-ce pas desirer qu'il soit heureux ? Or desirer qu'il soit heureux, n'est-ce pas l'aimer effectivement ?

Helvétius a senti la force de cet

argument; aussi fait-il tout ce qu'il peut, pour établir que la compassion est un sentiment intéressé: mais, il est plus aisé de proposer une opinion extravagante, que de la prouver.

Il veut que l'homme ne compatisse qu'à des maux qu'il aura lui-même ressentis, ou qu'il craint d'éprouver; « conséquemment » selon lui « quand un homme s'attendrit « sur le sort d'un autre, c'est uni- « quement sur lui-même qu'il « s'attendrit ». Or rien n'est plus contraire à l'expérience.

S'il en étoit ainsi, que deviendroient tant de malheureux qui, destitués du pur nécessaire, réduits d'ailleurs, ou par leur âge, ou par les maladies, à ne pouvoir du-tout se servir de leur industrie, ont absolument besoin de l'assistance la plus désintéressée de la part de leurs semblables, pour subvenir aux besoins de la vie? Il faudroit qu'ils périssent; car l'homme riche, qui

jamais

jamais n'éprouva les cruels tourmens de l'indigence, et qui trouve
contr'elle, un rempart assuré dans
ses possessions, seroit sourd aux
cris des malheureux.

Mais! si l'expérience nous fait
voir le contraire; si elle nous démontre que chaque jour les indigens
obtiennent de la vertu opulente,
des secours contre les maux qui
les accablent; c'est bien une marque
pour nous, que la compassion loin
d'être, comme le prétend *Helvétius*, un sentiment intéressé, est
vraiment une conséquence directe
du principe de cet amour désintéressé que je soutiens avoir été
gravé par la nature, dans le cœur
des hommes.

Cet écrivain s'étend beaucoup
sur la cruauté du despotisme, et il
en conclud que, s'il est au monde
des hommes justes et humains,
cela ne provient point d'un principe de bienveillance et de bonté,
que la nature aura mis dans leurs

D

cœurs ; mais seulement de la crainte des peines , conséquemment d'un motif constant d'intérêt personnel. « Le despote » dit-il (1), « qui n'a pas une pareille crainte, « est barbare et cruel , et ses injus- « tices ne connoissent d'autres bor- « nes , que celles de son pouvoir. »

A la vérité , l'histoire du despo- tisme ne nous offre pas un tableau bien consolant; mais heureusement, et pour l'honneur du genre humain, il n'est point applicable à tous les pays dans lesquels le despotisme s'est établi. La population , que depuis si long-tems on reconnoît être à la Chine plus considérable que dans les autres parties de l'Asie; l'abondance des denrées ; la mo- dicité remarquable des impôts ; l'honneur dont y jouissent les lettres; la coutume particulière à cet Empire de récompenser la vertu, tandis que, dans les autres royau-

––––––––––––––––––––––––––––

(1) *Ibid.*

mes, on paroît s'être borné à punir
le vice ; sur-tout ces deux célèbres
institutions qui consistent, la première à punir les Mandarins qui
n'obtiennent point d'éloges publics, quand ils sortent d'exercice ;
la seconde, à les faire participer
à la gloire ou au déshonneur des
actions vertueuses ou infames qui
se sont commises dans leurs gouvernemens, ce qui les conduit à se
voir élevés ou abaissés : tout cela
est une preuve de la modération du
gouvernement auquel est soumis
cet Empire, qui d'ailleurs est,
comme tout le monde le sait,
despotique et absolu.

Rome, après cette fameuse
bataille de Pharsale, quoiqu'elle
conservât extérieurement son ancienne forme de République, fut
gouvernée par la volonté absolue
des Empereurs : et pourtant, sur ce
même trône où étoient montés les
Tibère, les *Néron*, les *Caligula*,
les *Domitien*, on vit s'asseoir aussi

les *Titus*, les *Antonin*, les *Trajan*, Princes bienfaisans , humains , dignes enfin de servir de modèle aux rois.

Gélon , Roi de Syracuse , quoiqu'il règnât sur un pays accoutumé à gémir sous les plus cruels tyrans , fut si éloigné de les imiter, qu'au-contraire il consentit de son propre mouvement , à être dépouillé du pouvoir souverain , et puni , si le peuple jugeoit qu'il l'eût mérité (1).

L'Europe moderne nous présente, comme on le voit , un grand nombre de princes absolus, et dont le pouvoir est illimité: le système d'une mi●●e perpétuelle, toujours prête

_____

(1) L'humanité de ce Prince étoit si grande, qu'elle s'étendit jusques sur ses ennemis; car ayant défait la nombreuse armée des Carthaginois, dans un moment où il pouvoit leur imposer les conditions les plus dures , et auxquelles ils s'attendoient effectivement; il se contenta d'exiger de Carthage humiliée , l'abolition des barbares sacrifices que les pères y faisoient de leurs propres enfans, à Saturne.

à marcher au moindre signal du Souverain ; ce système inconnu à l'antiquité ; mais généralement adopté aujourd'hui , augmente encore davantage un semblable pouvoir, et donne à ceux qui en sont revêtus, le moyen le plus facile pour en abuser. Remarque-t-on cependant que cela arrive ?... Quiconque examinera l'histoire de ce siècle , la trouvant pleine de traits d'une bienfaisance et d'une bonté que les princes manifestent à l'envi l'un de l'autre, envers l'humanité qui leur obéit, reconnoîtra que ces traits surpassent de beaucoup les exemples que nous présentent les siècles passés.

Actuellement même, au milieu des maux inévitables de la guerre, on respecte partout l'humanité ; partout le commerce se voit encouragé, et avec lui se sont multipliées les commodités et l'aisance ; l'usage de *la Peine de Mort, reſtreint* partout, fait place à des supplices *moins*

D 3

inhumains et plus efficaces : ce ne
sont plus le faste et l'orgueil ; mais
l'agrément et l'affabilité qui en-
tourent le trône des monarques
et les rend accessibles aux moindres
de leurs sujets. Enfin la liberté de
découvrir les défauts de la législation, et de suggérer des moyens
pour l'améliorer : cette liberté,
qu'autrefois on regardoit et pu-
nissoit comme séditieuse, on la
tolère aujourd'hui, on lui accorde
même des récompenses.

Cette circonstance suffit seule
pour caractériser la douceur des
gouvernemens actuels ; puisqu'un
prince qui veut abuser du pouvoir
suprême, commence toujours par
interdire une pareille liberté :
il veut régner sur des esclaves
ignorans, craintifs, avilis, enfin
sur des automates toujours cédant
à l'impression qu'il lui plaît de leur
donner. Or une telle défense est
le moyen le plu ile et le plus
sûr pour produire cet effet.

Sous un gouvernement ainsi constitué, il faut cesser de penser, conséquemment s'abrutir ; puisqu'on n'a aucun intérêt à communiquer ses idées , qu'on ne peut même le faire, sans s'exposer aux plus violentes persécutions.

C'est par cette raison qu'à Rome, sous quelques Empereurs , tous les hommes capables d'éclairer le monde , par leurs productions , furent proscrits ; ou lorsqu'on les toléroit, ils étoient contraints, au rapport de *Pline* , à ne composer que des ouvrages relatifs à la Grammaire ; tout autre genre de composition plus relevée étant suspect à la tyrannie , et par cela seul, d'une dangereuse conséquence pour son auteur.

Du tems de *Tibère* , la tyrannie de cette espèce fut portée à un tel excès, que l'on traitoit de séditieux, les cris mêmes et les soupirs des malheureux qu'il opprimoit sans raison. Il est donc faux

D 4

que l'homme dégagé du frein
des loix, soit barbare et cruel.

Assurément, il n'y a encore
que trop d'hommes de ce caractère ; outre l'exemple de ces
mauvais princes qui, de tout
tems, ont infecté l'univers, les
délits qui, sous l'espoir de l'impunité, se commettent chaque
jour dans tous les états, nous
confirment encore cette triste vérité : mais, outre qu'on ne me
contestera pas que ces hommes,
dans les premiers momens du-
moins où ils se livrèrent à la cruauté,
n'aient intérieurement senti de
l'horreur et de la répugnance ;
comme tous les hommes ne sont
pas méchans à ce point, on ne peut
pas conclure de ceux qui le sont,
que la nature n'ait pas imprimé
dans le cœur de l'homme, un principe de confraternité et d'amour,
qu'il ne s'agit que d'exciter par
un motif d'intérêt, pour pouvoir
l'entretenir.

Tout ce que l'on peut conclure, lorsqu'on voit des hommes méchans, c'est que le germe d'humanité que la nature a inséré chez nous, peut quelquefois se dépraver par des causes accidentelles : comme l'unique conséquence que l'on tire des maladies, est que l'organisation du corps humain peut s'altérer, et non-pas que nous naissions dans un état de maladie, ou que nos organes ne puissent se maintenir dans un état de santé.

Examinons, en effet, ces exemples de barbarie et de cruauté que nous fournit l'histoire du despotisme, et sur lesquels s'appuie si fort *Helvétius*, pour nier la vérité de ce sentiment d'amour ; examinons aussi tant d'autres exemples qu'on nous cite à ce sujet : et nous verrons qu'ils n'ont d'autres causes que les passions factices, l'ignorance et la superstition ; c'est-à-dire, qu'ils sont totalement étrangers à la nature humaine. Plusieurs même

D 5.

de ces exemples, loin de détruire l'idée d'humanité, ne font que la confirmer.

Si les habitans du Congo, par exemple, et ceux de l'île Formose, assomment les malades qu'ils croient incurables; si quelques autres Sauvages, à la fin de l'hiver, lorsque le défaut de vivre les force d'aller à la chasse, pour se procurer de nouvelles provisions, font monter les vieillards sur des chênes, les secouent, et massacrent sur l'instant ceux qui tombent ; ces usages vraiment exécrables et horribles, viennent cependant d'un fond naturel d'humanité et de compassion; puisque les premiers n'assomment leurs malades, que pour leur épargner les douleurs de l'agonie, et que les autres ne sont si durs envers leurs pères, que pour les soustraire à une mort trop cruelle qu'ils ne pourroient éviter en restant seuls dans les cabanes, ou en demeurant exposés dans les forêts, aux tourmens de la faim, aux bêtes féroces et aux ennemis (1).

Sans ce principe inné de bien-veillance et d'amour , comment expliquer les vertus et la tendre humanité de tant de princes qui ont un plein pouvoir de faire le mal? *Helvétius* nous dira-t-il que la tyrannie ne pouvant manquer de

---

(1) Ce que nous avons dit de ces deux barbares coutumes, on peut le dire de cette loi aussi barbare des Chinois , qui accorde aux pères le droit de vie et de mort sur leurs enfans.

On sait que les terres de cet Empire, quoique fort étendues, n'ont pu suffire quelquefois qu'à grand'peine aux besoins du nombre infini de ses habitans. Or, comme une trop grande disproportion entre la fécondité des terres et la multiplication de l'espèce, produiroit nécessairement des guerres funestes à la nation; humaine dans ses intentions, mais cruelle dans le choix des moyens , cette nation a pu, par le sentiment d'une humanité peu éclairée, regarder cette cruauté comme nécessaire au repos de ses habitans: et cependant, si elle eût été instruite des moyens doux et humains que suggère une sage politique , pour faire évanouir une pareille disproportion , certainement elle n'eût pas autorisé un usage aussi détestable.

D 6

rebuter généralement les esprits ; contre ceux qui en sont les auteurs, la crainte de devenir enfin la victime de leur cruauté, a été l'unique principe de la bonté de ces princes ; conséquemment, que c'est un motif d'intérêt personnel qui les a guidés ? Je lui dirai que cela ne peut pas être.

Une pareille crainte pourroit empêcher un prince de tyranniser son peuple ; mais elle ne le porteroit jamais à sacrifier son repos au noble soin d'augmenter la félicité de ses sujets, comme on a vu tant de souverains le faire. Mais, supposons vraie l'assertion d'*Helvétius*, je n'en serai pas plus épouvanté.

L'histoire de tous les siècles et de toutes les nations, nous a transmis les noms de mille héros occupés du bien public, de telle sorte que, dans leur conduite, on n'apperçoit seulement pas l'ombre de l'intérêt personnel ; ce qui

suffit pour prouver la vérité de
mon opinion. En effet, trouvera-t-on
la plus légère trace de cet intérêt
personnel, chez les *Codrus*, les
Léonidas, les *Curtius*; et chez
tant d'autres qui ne firent pas
difficulté de s'immoler eux-mêmes
pour le bien public?

Au reste, de pareils exemples
n'embarrassent nullement *Helvétius*; personne, selon lui, n'a
jamais concouru au bien public, à
son propre préjudice. « Le héros
« citoyen » dit-il (1) « qui risque sa
« vie pour se couronner de gloire,
« et pour tirer sa patrie de la ser-
« vitude, obéit au sentiment qui lui
« est le plus agréable : pourquoi ne
« trouvera-t-il point sa félicité dans
« l'acquisition de l'estime publique,
« et des plaisirs attachés à cette
« estime? Par quelle raison enfin
« n'exposera-t-il point sa vie pour la
« patrie, lorsque tous les jours le

_____

(1) *Ibid.*

« soldat, à la tranchée, et le nocher
« sur les flots, l'exposent pour une
« somme si modique ? L'homme
« honnête » conclud-il « qui semble
« concourir au bien public, à son
« propre préjudice, ne fait donc
« que céder au sentiment d'un
« noble intérêt ! »

Je ne sais trop si cette réponse
est aussi juste, aussi éxacte qu'elle
est subtile !

N'est-il pas certain que l'homme
ne peut juger de l'intention, que
par l'action ? Lors donc qu'il est assuré que celle-ci contient un sacrifice évident et visible, de l'intérêt
personnel au bien public, pourquoi
nier que ce soit l'effet d'un principe
d'amour désintéressé ? et à quoi
bon se creuser le cerveau, pour ne
trouver dans cette action, que des
conséquences raffinées d'un intérêt
personnel, telles que l'amour de
la gloire ?

Si nous consultons un célèbre
philosophe de notre siècle ; il nous

assure qu'une pareille subtilité mérite qu'on s'en défie (1). « L'ob-
« jection qui se présente » dit-il « le
« plus naturellement contre l'hypo-
« thèse de l'amour personnel, est
« que, comme cet amour est diamé-
« tralement contraire à nos sensa-
« tions ordinaires, à nos connois-
« sances les plus naturelles, il s'ensuit
« qu'il ne faut pas moins que le
« philosophisme le plus recherché,
« pour donner de la consistance à un
« paradoxe aussi extravagant. » (2)

---

(1) DAVID HUME, *Essais et Traités sur divers sujets*, tom. 2. sect. 2, *de la Bienveillance*.

(2) Cette réfutation de l'hypothèse de l'amour personnel paroîtra un peu longue, et plus convenable à un Traité de morale, qu'à un livre de la nature du mien ; mais je me flatte que le public me fera quelque grace, à cause de l'importance du sujet. Cette hypothèse, si on y prend garde, n'est pas une de ces erreurs qui, s'arrêtant dans l'esprit, n'ont d'autres suites que des spéculations trompeuses : on ne peut absolument l'admettre, sans qu'elle ait l'influence la plus funeste sur la conduite de la vie.

Effectivement, s'il demeure décidé que l'intérêt personnel est l'unique moteur que la

Il est donc de toute évidence
que la nature a mis dans le cœur

---

nature a mis dans le cœur de l'homme ;
non-seulement on perd un des plus puissans
motifs que l'on ait pour les exciter à la pratique
des vertus les plus belles et les plus utiles ; la
libéralité, l'amour de la patrie, la bienfaisance,
la gratitude : vertus qui, comme le dit *Cicéron*,
proviennent uniquement de ce que nous sommes
naturellement portés à aimer nos semblables ;
mais on lâche aussi la bride aux vices les plus
odieux, les plus funestes à la société.

Que repliquer, par exemple, à un avare qui
cherche à satisfaire son avarice par la ruine
d'autrui ; si, lorsqu'on l'en blâmera, il répond
qu'il ne fait qu'obéir fidèlement à la nature ?

Si je lui dis que le Magistrat, après avoir
reconnu ses larcins, ne se contentera pas de le
forcer à la restitution, mais qu'en outre il le
condamnera à une punition exemplaire, d'où je
conclurai qu'il suit un intérêt mal-entendu, et
qui n'est qu'apparent ; il me répondra que rien
n'est plus commun, que de voir des Juges
corrompus par le puissant attrait de l'or ; au
moyen de quoi, sa confiance est dans ses propres
richesses.

Lui dire que du-moins sa conduite ne pourra
manquer de lui attirer le mépris, la haine et
l'inimitié de ses semblables, choses qui auront
pour lui des conséquences funestes, et en conclure
de nouveau qu'il obéit à un intérêt qui n'est
qu'apparent et imaginaire ; ce n'est rien lui dire
de plus concluant que ce que je lui aurai dit

des hommes, d'autres liens plus
doux, plus sacrés et plus forts,

---

d'abord : il me répondra que, lorsqu'il aura réussi
à se faire un fonds immense de richesses, ayant
alors le moyen d'obliger beaucoup de gens, il
sera au-contraire estimé et caressé : il me citera
pour preuve, une infinité de cas, où cela s'est
vérifié, et mon avertissement ne servira, tout-au-
plus, qu'à le rendre extrêmement ingénieux à
cacher ses larcins. J'avoue que ma philosophie ne
peut rien sur un tel homme, et qu'il ne me reste
qu'à pleurer sur le malheur de sa condition!

Helvétius nous fournit un moyen sûr pour
enchaîner l'amour-propre, et l'empêcher de
porter préjudice à la société : c'est de perfectionner
la législation ; c'est-à-dire, de joindre tellement
dans toutes les loix, l'intérêt particulier au bien
public, que cet intérêt même oblige tout le
monde à les observer. Ce conseil, dont l'exécution
est l'unique but que cet auteur s'est proposé, est
très-beau; il est noble : ajoutons qu'étant le fruit
d'un sentiment profond d'humanité, et d'une
bienveillance universelle envers le genre humain,
il est la plus belle preuve du sentiment qu'il
conteste si fort à l'humanité ; la plus grande
conséquemment du peu de solidité de son système :
je ne sais, au reste, s'il est bien possible de
l'exécuter.

Ce qui du-moins est incontestable, c'est que,
malgré tous les efforts possibles de la part du
législateur, pour unir dans ses loix l'intérêt
particulier au bien public, on trouvera toujours
plus d'avantage à les enfreindre, dès que leur

que ceux qui proviennent de l'intérêt personnel. L'homme, tel qu'il
est sorti des mains de la nature,
est donc un être souverainement
dominé par l'amour de soi-même!
mais, en-même-tems, il est in-
dulgent, humain, compatissant;
en un mot, il incline par sentiment
à aimer son semblable, indépendamment de son intérêt propre,
et, pour ainsi dire, par justice.

Voilà le fondement, je dirois
presque la réunion de tous les
devoirs que nous prescrit le droit
naturel; et c'est montrer en-même-
tems en quoi le duel leur est
contraire.

Il est sensible que tous ces devoirs
doivent se réduire à savoir accorder
ces deux principes, l'amour de
nous-mêmes et l'amour d'autrui;

---

infraction pourra demeurer impunie. Or, comment
supposer, dans le cas présent, qu'un homme
persuadé que la nature le porte à consulter
uniquement son intérêt, s'abstiendra de les
violer?

puisque, comme nous l'avons déjà dit, ce mot, *Droit naturel*, nous fait voir que tout ce qui le constitue, est fondé sur la nature. Or s'il est incontestable que quiconque se bat en duel, s'expose sciemment au danger ou de perdre la vie, ou de la faire perdre à son adversaire; s'il est incontestable encore que le duel réunit la haine, l'animosité, la vengeance; rien n'est plus évident, que son opposition au droit naturel. La loi naturelle, nous imposant l'obligation précise de nous aimer nous-mêmes et de ne pas aimer moins les autres, il n'est rien qu'elle nous défende plus fortement que ce qui s'oppose à la conservation de notre être et de celui des autres : or, par l'imposition de ce dernier devoir, elle nous interdit nécessairement tout sentiment de haine, d'animosité et de vengeance.

En-vain les partisans d'un pareil abus prétendent-ils l'excuser, par

le prétexte d'une défense nécessaire:
comme il n'y a qu'une extrême
nécessité qui puisse autoriser un
semblable droit ; pour qu'on puisse
y avoir recours, il faut indispen-
sablement ces deux conditions ;
d'abord, que le péril soit immi-
nent, et, comme le dit *Grotius*,
renfermé, pour ainsi dire, dans
un seul point ; en second lieu,
que celui qui se trouve réduit
à la douloureuse extrémité de tuer
son adversaire, ou de périr de sa
main, ne se soit pas volontairement
exposé au danger : conditions qui
manquent visiblement au duel.

Je ne parle point de celui qui
provoque ; il est trop évident qu'il
viole tout-à-fait ces conditions : je
parle de celui qui est provoqué,
et je demande comment il peut se
justifier par le prétexte d'une défense nécessaire, lorsqu'il ne dépendoit que de lui d'accepter le
défi, ou de le refuser ?

Puffendorff a merveilleusement

bien connu cette vérité. « Un
« homme » dit-il (1) « à qui
« on propose un duel, s'il se rend
« au lieu indiqué, ne peut pas
« s'excuser sur la nécessité de se
« défendre, quand il se trouve
« réduit à tuer son antagoniste,
« ou à périr lui-même ; puisque les
« loix lui défendant de s'exposer
« au danger, rien ne doit entrer en
« considération, et que rien n'em-
« pêche qu'on ne puisse légitime-
« ment infliger à celui qui a tué
« son concurrent, et la peine dûe
« à l'homicide, et celle prononcée
« particulièrement dans certains
« endroits, contre le duel. »

Je sais bien que, si l'on donne
le nom de *défense* au duel, c'est
parce-qu'on le regarde comme
un moyen nécessaire pour *défendre*
l'honneur ; mais on n'en a pas pour
cela plus de raison. Il n'est per-

_____

(1) *De Offic. Homin. & Civ.* lib. I. cap. 5.

sonne qui ne voie que cette opinion
est appuyée sur la maxime généralement reçue ;— que l'honneur est un
bien comparable à la vie, qu'il doit
même lui être de beaucoup préféré.

Une pareille maxime pourra
bien convenir aux orateurs, qui
sont *accoutumés à sacrifier l'exactitude à l'éloquence*, et auxquels
on accorde le droit de laisser
prendre le vol à leur imagination,
ainsi que de remplir leurs discours
de pensées brillantes et hardies,
pourvu - qu'en plaisant aux au-
diteurs, elles soient propres à
remuer les esprits : mais cette
maxime n'obtiendra que le mépris
du philosophe qui, accoutumé à
analyser une proposition dans tous
ses points, ne prend pour se dé-
terminer, d'autre règle, que celle
de l'invariable vérité.

L'honneur n'est autre chose que
la réputation, et la réputation dé-
pendant de l'opinion des hommes ;
c'est-à-dire, pouvant nous être

enlevée, sans qu'il y ait de notre faute, si c'est une qualité durable, du-moins ne doit-elle pas être mise en comparaison avec la vie. La conservation de l'honneur ne peut donc jamais autoriser à user de violence pour se défendre, sur-tout lorsque c'est un honneur faux & imaginaire! Or ce n'est pas autre chose dans le cas présent: je le démontrerai plus loin.

La conservation des biens sert encore de prétexte aux partisans du duel, pour le regarder comme l'acte d'une défense nécessaire : motif qui n'est pas plus légitime que celui que nous venons de réfuter. « Si un officier » disent-ils, « en s'abstenant de proposer ou « d'accepter un défi, étoit regardé « comme un homme vil, incapable « des emplois militaires, et que cela « le ____ uisît à perdre une place « de ____ tire de quoi se soutenir, « lui et sa famille ; pourquoi ne « pourra-t-il pas le proposer et

« l'accepter ? Les biens et le né-
« cessaire sont cependant le second
« sang des hommes ! »

Les biens sont le second sang
des hommes ; d'accord : mais leur
perte n'est pas irréparable, comme
celle de la vie ; d'ailleurs il est
presque impossible que celui qui
s'en trouve dépouillé, se voie exposé
pour cela à périr. Les biens ne méritent donc pas qu'on les défende
jusqu'au point de tuer celui qui
essaie de nous les enlever !

Les loix divines et humaines qui,
toutes, s'accordent singulièrement
bien, en-ce-qu'elles permettent de
tuer un voleur de nuit, et non celui
qui vole de jour, confirment mon
opinion. Elles nous donnent à
entendre, selon la sage réfléxion
de *Grotius* (1), que « l'on ne doit
« jamais tuer personne, directement

---

(1) *De Jur. Belli, et Pac.* lib. 2. cap. 1.
§. 12.

« et

«et précisément en vue de conser-
«ver ses biens (2).»

Le Duel est donc une infraction
à toutes les règles d'une défense

———————————————————

(2) Si toutes les loix disent qu'on peut tuer un
voleur nocturne, et non un voleur de jour; la
raison en est que, dans la nuit, outre le danger
de la perte des biens, il y a encore à craindre
pour sa vie; chose qui, d'ordinaire, n'a pas lieu
le jour.

Ainsi, lorsque ces loix ont accordé cette sorte
d'impunité, elles n'ont uniquement considéré
que le danger qui concerne la vie, et non la
conservation des biens, comme le prétendent
plusieurs auteurs.

Les Loix Romaines nous le montrent d'une
manière bien sensible, puisqu'elles n'accordent
aucune impunité à celui qui tue un voleur de
nuit, toutes les fois qu'il étoit possible d'épargner
la vie du voleur: elles étendent, au-contraire,
cette impunité à celui qui aura tué un voleur
pendant le jour, pourvu-que ce voleur se soit
défendu avec des armes, lorsqu'on l'aura poursuivi;
c'est-à-dire, pourvu-que celui qui a été attaqué,
se soit trouvé en danger de la vie.

*Furem nocturnum si quis occiderit, itá demùm
impunè ferret, si parcere ei sine periculo suo non
potuit:* ff. lib. 48. tit. 8. ad. Leg. Cornel. *de
Sicar.* L. 99. *At furem, interdiù deprehensum, non
aliter occidere Lex XII Tabularum permisit,
quàm si telo se defendat:* ff. lib. 47. tit. 2. *de
Furtis,* Leg. 54. §. 2.

juste et modérée ; c'est donc une pure complication de haine, d'animosité et de vengeance : sentimens vicieux en eux-mêmes, opposés au bien public, et qui tendent directement à étouffer ce germe de bienveillance que la nature a placé dans le cœur humain ; au moyen de quoi, ma première proposition, où j'assurois qu'il bouleverse tout-à-fait la jurisprudence naturelle, est exactement démontrée.

Mettre cette importante vérité dans tout son jour, c'est y en mettre une autre plus importante encore : savoir ; qu'un pareil abus est contraire aux adorables préceptes de l'Évangile.

En effet, s'il est incontestable que la révélation et la raison ont un auteur commun, conséquemment qu'elles ne peuvent jamais se trouver en contradiction ; il est incontestable aussi que le duel ne peut d'aucune manière, contredire la morale purement naturelle, sans contredire en-même-tems celle de l'Évangile.

Jettons un coup-d'œil rapide sur cette morale admirable : comme elle ne fait que développer, mettre dans un plus grand jour, et confirmer les maximes dictées par la raison, relativement à notre conduite morale; nous nous convaincrons encore davantage de cette contradiction.

CHAPITRE VI.

Opposition du Duel à la Religion.

QUAND LES HOMMES, se furent un peu multipliés sur la terre, les sentimens de fraternité et d'affection dont ils étoient d'abord animés, et qui paroissent ne pouvoir régner qu'entre un petit nombre de personnes qui

soient presque toutes d'une même
famille , s'étant affoiblis d'une manière sensible , l'innocence des
premières mœurs se corrompit
dans la même proportion. La
dispersion des familles , conséquence nécessaire de la multiplication de l'espèce, ayant considé-
rablement altéré les traditions
anciennes sur la création , ainsi
que l'ancienne religion , dont elles
étoient l'unique fondement ; la
corruption ne put aller qu'en aug-
mentant , puisqu'ayant tout-à-fait
perdu de vue l'Être Suprême , et
ne reconnoissant plus leur descen-
dance d'un père commun , ils perdirent aussi totalement de vue cette
espèce de fraternité qui , au
commencement, les unissoit tous.

Indifférens alors les uns envers
les autres ; dominés uniquement
par l'amour d'eux-mêmes, ils se
trouvèrent plongés dans tous les
vices ; et , ce qui est le plus dé-
plorable , se livrant à divers cultes,

bizarres et monstrueux, que leur fit adopter l'ignorance, ils furent enfin jusqu'à établir généralement celui des fondateurs des empires, et de quelques autres hommes encore qui, avec de grandes qualités, n'étoient pas exempts d'iniquité, ni de foiblesse. Alors la corruption universelle se trouva appuyée d'une autorité fort séduisante.

Vainement l'instinct moral cherchoit-il à repousser, loin du cœur des hommes, le vice qui descendoit du ciel, revêtu d'une autorité sacrée: la multitude, plus docile à la voix des Dieux, qu'à celle de la nature, s'abandonnoit sans scrupule, à tous les excès que l'on savoit que ces mêmes Dieux avoient commis (1).

---

(1) Les gens qui ont lu, connoissent cet endroit où Térence introduit un jeune homme corrompu, qui, contemplant un tableau où étoit peint *Jupiter*, au moment où, pour tromper et déshonorer *Danaë*, il versoit sur elle une pluie d'or ; se sert

Pour ramener la morale à sa
pureté primitive, il étoit donc

---

d'une autorité de cette importance, pour défendre
sa propre turpitude.

---- *Dùm apparatur*, Virgo *in conclavi sedet,*
Suspectans tabulam quandam pictam, ubi inærat
  pictura hæc Jovem,
Quo pacto Danaæ *misisse, aiunt, quondàm in*
  gremium, imbrem aureum.
Egomet, quoque, id spectare cœpi ; et, quid
  consimilem luserat
Jam olìm Ille ludum, impendio magis animus
  gaudebat mihi ;
Deum sese in hominem convertisse, atque per
  abæneas tegulas
Venisse clanculùm per impluvium fucum factum
  mulieri ! ...
At, quem Deum qui templa cæli summa concutit
  sonitu,
Ego, homuncio, hoc non facerem ? Ergò verò
  illud feci, lubens.

Tandis qu'on apprêtoit tout, la jeune fille assise
dans un appartement séparé, considéroit certain
tableau où étoit peint en couleur bronzée, *Jupiter,*
de la manière dont on dit qu'autrefois il avoit
fait descendre une pluie d'or dans le sein de
Danaé. Moi-même, je me mis à regarder aussi
ce tableau, et me sentis singulièrement joyeux de
ce que, dans l'intention de se divertir à un pareil
jeu, un *Dieu* s'étoit changé en *homme*, et
descendant sur un toit d'airain, s'étoit glissé à la

nécessaire de rétablir d'abord le culte religieux! Il semble que les spéculations des philosophes auroient pu servir à effectuer un projet si utile ; car tous s'accordèrent pour se moquer de la superstition dominante : et, si on en excepte un petit nombre, qui même n'étoient pas des plus célèbres ; la connoissance d'un Être Suprême fut, pour tous, comme un point de réunion.

Mais, au surplus, le même accord avoit-il lieu sur les autres points fondamentaux de la Religion ? connoissoient-ils, par éxemple, la nature du culte qu'il faut rendre à cet Être Suprême ? comptoient-ils survivre à la destruction du

---

sourdine, par une gouttière, pour jouer le tour à une femme !... Or, ce qu'a fait le *Dieu*, qui, du bruit de son tonnerre, ébranle les voûtes célestes, un *petit mortel* comme moi ne le feroit pas ?... Je l'ai donc vraiment fait, et de très-grand cœur.

Voyez, dans l'*Eunuque*, le Dialogue entre *Chréa* et *Antiphon*, Acte III, Scène V.

E 4

corps, ou bien regardoient-ils le tombeau comme la fin de tout? La nature du souverain bien, ou la fin dernière, leur étoit-elle connue? L'homme étoit-il, à leurs yeux, un être libre, ou le considéroient-ils comme sujet à la nécessité absolue, et à la fatalité?.. Sur tous ces points si importans, desquels d'ailleurs dépend si fort la conduite de la vie, on ne voit chez eux, que des doutes et des contrariétés (1).

Les spéculations des Philosophes, sur la Religion, ne pouvoient donc point opérer l'heureuse révolution que l'on desiroit! puisque leurs idées, quoique bien supérieures à celles de la multitude, n'en étoient cependant pas moins imparfaites,

_____

(1) « Quand je lis *Platon* sur l'immortalité de « l'ame » dit *Cicéron* « je pense comme lui : dès que « j'ai quitté le livre, et que je commence à y « réfléchir, toute ma persuasion s'évanouit, et je « ne sais plus ce que je dois croire » : *Quæstion. Tusculan. Lib.* I.

ni moins fausses. Mais, quand elles n'auroient été ni l'un ni l'autre, comment les communiquer à la multitude ?

Tout le monde n'a pas le tems, la pénétration nécessaires pour aller aux écoles des philosophes, ou pour méditer en secret leurs écrits. Dans les Etats, même les plus policés, on ne rencontre que peu d'hommes capables d'une méditation profonde et continue ; l'exercice de la faculté de penser est, pour la plupart des hommes, un travail également pénible et inusité. Le peuple, occupé chaque jour de pourvoir aux besoins de la vie, est communément incapable de réflexions ; les riches, les gens du monde, les femmes, adonnés tous à leurs affaires, occupés à satisfaire leurs passions, et à se procurer des plaisirs, n'ont presque pas plus que le vulgaire, l'habitude de penser. Ajoutons à cela, que les personnes

E 5.

mêmes, qui cependant sont éclai-
rées, ne sont que trop souvent
prévenues en faveur des préjugés
généralement reçus.

Effectivement, il est assez rare
de trouver des hommes qui, à
beaucoup d'esprit, de talens et de
grandes connoissances, joignent
une imagination bien réglée, où
le courage nécessaire pour entreprendre de combattre des chimères
dont leur cerveau est habituellement rempli, depuis long-tems:
voilà pourquoi la Religion, et conséquemment la morale, restèrent
entièrement défigurées, jusqu'au
moment où JESUS-CHRIST parut
sur la terre.

Pour ramener toutes les nations
à la connoissance et au culte de la
vraie Religion, il ne parla pas en
hésitant; il n'eut pas l'air d'avancer
des problêmes, comme il étoit
arrivé aux philosophes: il le fit
avec cette noble hardiesse que la
certitude a coutume d'inspirer:

il parla enfin d'une manière que le sage reconnut bientôt être la seule conforme à la vérité, quoique, jusqu'alors, il l'eût cherchée vainement.

Quant au peuple, comme il étoit incapable de réfléchir, et que, prévenu en faveur de l'ancienne superstition par l'éducation, par l'autorité, par le préjugé du tems, il lui étoit réellement impossible de reconnoître, à la sublimité de ses discours, la divinité de son caractère : l'HOMME - DIEU la prouva par de grands miracles; c'est-à-dire, par une suite d'actions qui, excédant visiblement le pouvoir ordinaire des hommes, forcent d'une manière irrésistible, d'admettre une vertu surnaturelle chez celui qui en est l'auteur. Les Apôtres qui, après sa mort furent publier l'Évangile par toute la terre, s'appuyoient sur l'autorité de ses preuves; et, pour ôter tout moyen de douter à ceux qui n'en avoient pas été témoins, ils

E 6

en perpétuèrent eux - mêmes le spectacle.

Or, à mesure que repoussées par la lumière de cette double évidence, les ténèbres du paganisme se dissipoient chez les nations, on vit disparoître aussi les abominations, les cruautés, toutes les extravagances qu'avoit produit l'aveuglement ; et la morale revenoit à sa pureté primitive. L'amour-propre qui, après l'oubli de la véritable Religion, avoit acquis, comme nous l'avons vu, un dégré d'énergie étonnant, et qui étoit devenu en-même-tems une source inépuisable de tous les vices, redevint ce qu'il est dans l'ordre de la nature ; une inclination raisonnable, compatible avec la félicité d'autrui.

Auroit-il pu en être autrement, puisque les prosélytes se voyant tous créés par un même Dieu, tous également régénérés par lui dans la justice et dans la grace, se regardoient tous comme autant

de frères qui prétendoient au
même héritage, et que tous avoient
les uns envers les autres, la plus
sincère affection ? Le désintéresse-
ment, la douceur, une humble
modestie, la patience la plus hé-
roïque étoient comme les rejetons
de ce sentiment d'amour qui les
unissoit ensemble : de-là ces repas
en commun, où les riches subve-
noient aux besoins des pauvres
assis à la même table qu'eux : de-là
ces sommes immenses déposées
aux mains des pasteurs, et au
moyen desquelles le riche se ré-
duisoit à une pauvreté volontaire.

Quelqu'un étoit-il constitué en
dignité ? on reconnoissoit la supériorité dans la personne, mais
nullement dans l'esprit, qui ne
cessoit point d'être humble. Une
province se trouvoit-elle oppri-
mée par la disette ? ceux qui se
voyoient dans l'abondance, accou-
roient promptement à son secours :
l'ambition étoit totalement igno-

rée, ou s'il en existoit quelqu'une, ce n'étoit que celle de se distinguer auprès de Dieu, par les vertus. La punition temporelle des délits étoit le dernier motif qui éloignât d'eux : à bien dire, il n'y en avoit aucun, parce-que la charité enlevoit cet honneur aux loix.

Jesus-Christ a donc rétabli dans toute sa pureté, la morale naturelle, que la superstition avoit si fort défigurée ! Les mœurs des premiers Chrétiens, que nous venons de décrire, en sont une preuve.

En effet, examinons ces mœurs, nous verrons qu'elles sont fondées sur le sage accord de l'amour de nous-mêmes avec l'amour du prochain : accord qui, comme nous l'avons vu, comprend toute la morale naturelle. Cela est si vrai, que tous les écrivains qui ont occasion de parler du Christianisme naissant, disent qu'il avoit ramené l'âge d'or et le siècle de *Saturne* ;

c'est-à-dire, ces tems où l'on dit que les hommes, non corrompus encore par les passions, suivoient en tout la voix de la nature.

Ouvrons l'Évangile : nous achèverons de nous convaincre de cette conformité. Ce livre sublime et simple tout-à-la-fois, et que l'on doit regarder comme la parole encore vivante de l'Envoyé Céleste, ne condamne pas l'amour de nous-mêmes, comme le remarque M. *Muratori* (1), de la manière dont le répètent tous les jours certains Docteurs qui, raffinant trop sur la vie spirituelle, ne réfléchissent point sur l'impossibilité dont seroit une pareille entreprise.

Effectivement, ils ne font point attention que l'amour de nous-mêmes est un mouvement essentiel, naturel et nécessaire ; puisque, sans lui, l'homme seroit réduit à une totale inertie, également pré-

_____

(1) Voyez la *Morale Filosofia.*

judiciable à notre propre conservation, au développement, à la
perfection même de toutes nos
facultés. Ils n'ont point vu que
l'homme, tant qu'il vit, est fait pour
sentir, pour desirer, pour avoir
des passions, et pour tâcher de se
rendre à chaque instant son éxistence heureuse; conséquemment
que de venir dire à un être ainsi
constitué, qu'il faut anéantir ses
passions et se haïr soi-même, c'est
lui conseiller de changer son organisation, de détruire son naturel;
que c'est enfin lui défendre d'être
homme, et vouloir l'impossible.

En - vain répéteront - ils que
l'Evangile, en mille endroits, nous
recommande la haine de nous-
mêmes : je leur répondrai, avec
l'auteur que je viens de citer plus
haut, que ce n'est pas une façon de
parler propre, mais figurée; ainsi
que dans cet autre endroit où l'on
nous exhorte à nous couper le pied,
» à nous arracher l'œil, quand ils

nous font prévariquer. « Comment
« pourroit-il en être autrement »
poursuit cet Ecclésiastique éclairé,
« puisqu'il est impossible que nous
« éxistions sans nous aimer, et
« qu'en nous recommandant d'aimer
« notre prochain comme nous-
« mêmes, Dieu a conséquemment
« reconnu cet amour comme étant
« bon et honnête, et comme nous
« ayant été infusé par lui. »

Ainsi, la morale de l'Évangile,
sans désapprouver l'amour de nous-
mêmes, n'en condamne que l'abus:
elle cadre donc éxactement avec la
morale purement naturelle ! puisque c'est pareillement ce même
abus que celle-ci condamne. Elle
veut, cette morale évangélique,
que nous nous aimions nous-mêmes,
mais d'un amour éclairé et raisonnable, qui ne s'oppose aucunement
à ce que nous devons à nos semblables.

Comme toutes les vertus sociales,
et par conséquent toute la félicité

dont les hommes puissent jouir sur la terre, dépendent de ce dernier précepte; JESUS-CHRIST, qui a voulu que sa loi formât notre plus grande félicité dans ce monde, quoiqu'il paroisse qu'en nous la donnant, il n'ait eu en vue que le bonheur de l'autre vie, s'est attaché sur-tout à nous l'inculquer. Il semble même avoir rapporté tous ses préceptes à celui-ci, en disant qu'il étoit la base, l'accomplissement de tous.

Il attaqua fortement les Scribes et les Pharisiens, parce-qu'ils se montroient singulièrement jaloux de l'observance des décimes, des purifications extérieures, et d'autres choses semblables; tandis qu'ils négligeoient les devoirs que nous imposent la justice, la miséricorde et les autres obligations les plus importantes contenues dans la loi. Il s'emporta contr'eux de la même manière, lorsqu'ils s'élevèrent contre lui, parce-qu'il avoit rendu la santé

aux malades un jour de Sabbat: et
c'est alors qu'il prononça cette
fameuse sentence ; que *l'homme
n'est pas fait pour le Sabbat, mais
le Sabbat pour l'homme.*

Voit-il St Pierre frapper un de
ceux qui étoient venus pour le
prendre ? deux autres de ses disciples veulent-ils faire descendre le
feu du ciel sur une ville qui n'avoit
pas voulu le recevoir ? il ordonne
au premier de ne jamais faire usage
de l'épée, et reproche durement
aux autres, qu'ils ne savent et ne
connoissent point l'esprit qui les
anime : « je ne suis pas venu » leur
dit-il « pour perdre les hommes,
« mais pour les sauver » : réflexion
qui contient une grande leçon de
douceur pour tous les Chrétiens.

Il ne voulut pas que les outrages,
quelque grands même qu'ils soient,
fussent un obstacle à cet amour
réciproque, qu'il a regardé comme
un caractère distinctif, auquel son
intention est que l'on reconnoisse

ceux qui sont ses disciples et ceux qui ne le sont pas : en quoi l'Évangile va beaucoup plus loin que la morale naturelle.

Le Paganisme, en effet, a eu nombre de philosophes qui, guidés par la raison, se firent un devoir de pardonner les offenses, et de ne point rendre le mal pour le mal ; mais, en montrera-t-il un seul qui ait été jusqu'à aimer intérieurement celui qui l'outrageoit? peut-il même se vanter d'un seul, chez qui la patience fût autre chose qu'un orgueilleux mépris envers celui qui l'avoit offensé ?

Socrate lui-même, ce *Socrate* si renommé pour cette vertu, n'est pas exempt de ce reproche ; sa merveilleuse patience n'eut d'autre principe que l'orgueil le plus délicat et le plus fin, qui pût jamais trouver place dans le cœur de l'homme : défaut de sa part, avoué par les Païens mêmes.

Il étoit si orgueilleux, selon

Diogène-Laërce (1), qu'il ne faisoit aucun cas ni de la louange, ni du blâme, et qu'il traitoit avec le dernier mépris, ceux qui osoient lui attribuer la plus légère imperfection.

Suivant *Thimon* (2), c'étoit un très-grand imposteur ; et *Caton* le Censeur avoit coutume de dire (3) que « sous le prétexte de réformer « les mœurs des Athéniens, il s'étoit « rendu leur maître, exerçant sur « eux un empire tyrannique. »

Cela se reconnoît encore chez *Caton* même : la constance et la grandeur d'ame de ce personnage sont assurément admirables ; quelquefois cependant il y joignoit une hauteur et un mépris pour les autres, que *Sénèque*, son excessif panégyriste, et presque son adorateur, peut bien prendre pour la

_____

(1) *In Socrat.*
(2) *Apud eundem, in Socrat.*
(3) *Plutarq. in Caton. censor.*

matière d'un éloge (1), mais que n'approuveront jamais ceux qui ont appris à distinguer l'orgueil, de la vertu.

Caton ayant reçu un soufflet en public, ne parut nullement ému : il ne se vengea pas; mais il ne pardonna pas non-plus. Concentré tout entier dans la grande estime qu'il avoit de lui-même, et regardant ses ennemis comme autant d'insectes, incapables de l'avoir offensé, et indignes de son ressentiment; il nia fièrement d'avoir reçu aucun outrage.

---

(1) Quiconque a la plus légère teinture de l'histoire, sait que *Caton* passoit les nuits entières dans la plus abominable débauche; une nuit, entr'autres, il s'enivra si fort, qu'au point du jour, on le trouva dormant au milieu d'une rue. *Sénèque*, pour l'excuser, ne rougit pas de pousser la flatterie, jusqu'à soutenir cette proposition absurde; qu'il est plus aisé de rendre honnête l'ivrognerie, que de rendre *Caton* vicieux.

Catoni ebrietas objecta est : facilius effcit, quisquis objecerit hoc crimen honestua, quàm turpem Catonem.

SENEC. de Tranquillit. anim.

La patience de *Caton* n'étoit donc que de la hauteur et de l'orgueil !

Il n'en est pas ainsi du véritable Chrétien : instruit par les leçons de l'Évangile, il pardonne sincèrement les offenses, et chérit intérieurement celui dont il les a reçues. Pour arriver à ce double héroïsme, il a les motifs les plus forts, les plus sublimes qui puissent guider une créature raisonnable : il fait attention que la bonté de Dieu, durant cette vie, s'étend même sur les méchans ; or, comment pourroit-il les priver des effets de son amour, sans dire à Dieu, par ses actions, qu'il ne veut point imiter sa conduite ?

Dans les outrages qu'il reçoit, il n'envisage point la malice de ceux qui les lui font, mais uniquement la justice de Dieu, dont ils sont les ministres ; il réfléchit que les ouffrances volontaires ayant la er u d'expier les péchés, c'est n moyen que Dieu lui présente pour satisfaire à sa justice, et pour appaiser sa colère. En outre, loin de se croire digne des honneurs et des grandeurs, il se persuade ne mériter que la confusion et le mépris : de-là naît chez lui, un esprit de douceur qui iroit jusqu'à ne pas lui permettre de se plaindre, lors même qu'on le fouleroit aux pieds.

A toutes ces réfléxions, il ne peut s'empêcher d'en joindre encore une autre, qui le fortifie davantage ; c'est que les outrages, qui étoient ignominieux avant que le Sauveur du monde eût permis qu'on l'en accablât, sont devenus honorables, depuis ce moment ; qu'ils font même toute la gloire des véritables Chrétiens.

Après avoir démontré que la morale de l'Évangile ne tend qu'à développer, mettre dans un plus grand jour, et confirmer la morale purement naturelle, je ne m'arrêterai point à faire voir combien elle est opposée au duel ; ce seroit vouloir

mo

me livrer à une ennuyeuse répéti-
tion de ce que j'ai dit à ce sujet,
dans le Chapitre précédent : je ferai
plutôt une réfléxion ; c'est que les
raisons qu'apportent les partisans
de cet abus, pour le soutenir dans
le cas où il s'agit de la conservation, même du recouvrement de
l'honneur où des biens (raisons
que nous avons prouvées être
tout-à-fait vaines et sans fondement) paroissent plus futiles
encore, lorsqu'on les rapproche
des principes de cette adorable
doctrine.

En effet, comme nous l'avons
pu voir jufqu'à-préfent, et comme
chacun le sait d'ailleurs, elle est
fondée sur le mépris du monde et
de ses maximes ; elle ne tend qu'à
détacher les hommes de toutes les
chofes de la terre : comment donc
excusera-t-on ceux qui se souillent
de sang humain, pour ces mêmes
choses que l'on doit méprifer ?

F

CHAPITRE VII.

Relâchement de quelques Casuistes, à l'égard du Duel.

JE CROIROIS n'avoir pas beaucoup avancé ; je penserois même avoir mal répondu au but que je me suis proposé dans cet ouvrage, si, après avoir mis le duel en opposition avec les maximes de l'Évangile, je ne cherchois à détruire les vains subterfuges auxquels différens Casuistes ont eu recours pour le défendre.

Rien effectivement n'est plus propre à perpétuer les erreurs et à les rendre incurables, que l'autorité des Ministres de la Religion. Le respect que la multitude accorde à leur rang, ne lui permet pas même de soupçonner qu'ils se trompent dans leurs instructions.

A ce moyen, l'histoire ne nous offre rien de plus constant, que des nations entières qui s'abandonnent sans scrupule, et l'on pourroit dire, avec la plus grande satisfaction, à tous les excès les plus funestes; parce-que l'imposture ou l'ignorance de cette sorte de Ministres a su les transformer en vertus.

Il est vrai que les auteurs dont je parle, ayant écrit en Latin; que leurs ouvrages étant divisés en plusieurs volumes, et manquant d'ailleurs de toutes les graces du style, ordinairement ils ne sont point lus par les partisans du duel, qui ne fourmillent nulle part autant que parmi les hommes qui vivent dans le grand monde; d'où il sembleroit que l'on n'auroit aucun danger à craindre des erreurs que renferment ces ouvrages. Mais d'abord, s'il est vrai que les écrits de cette espèce d'auteurs sont continuellement lus par ceux qui dirigent les consciences; que si, par impéritie

F 2

ou par prévention, plusieurs d'èn-
tr'eux peuvent en adopter les erreurs ; et, si dans ce cas, il y avoit à
craindre que bientôt ces livres fussent connus de cette classe de personnes que je viens de citer : combien, en outre, n'est-il pas d'évènemens qui peuvent les faire tomber
directement entre leurs mains? Les
combinaisons du hazard sont infinies : il est donc extrêmement intéressant de découvrir les divers subterfuges des écrivains de ce genre.

Ils conviennent que, relativement
au duel, les maximes de l'Évangile
sont entièrement opposées à celles
du monde ; et cependant ils ne sont
point embarrassés, parce-qu'ils se
flattent d'avoir trouvé le moyen
de les concilier. Mais! quel peut
être ce moyen de concilier deux
choses que le Sauveur du monde
a lui-même déclarées incompati-
tibles?... C'est la *direction de
l'intention!*..

Un homme de qualité, par éxem-

ple, reçoit un soufflet, il va conséquemment être déshonoré pour
toujours, s'il ne se hâte d'en tirer
raison par un trait de bravoure: il lui
suffit, selon ces auteurs ; d'écarter
de son intention tout desir de
vengeance (qui, par soi-même,
est un desir coupable), et d'attacher cette intention au desir de
défendre son propre honneur,
chose bien permise. Alors on obéit
aux loix du monde, sans craindre
de violer celles de l'Évangile. « De
« cette manière » disent-ils « un
« homme, en pareil cas, accorde
« au monde l'effet extérieur et
« matériel de l'action, et donne
« à Dieu le mouvement intérieur
« et spirituel de l'intention ». Toute
contradiction entre ces deux sortes
de devoirs s'évanouit à ce moyen,
ou-bien il ne reste qu'une chose
purement apparente.

Pour que personne ne puisse
croire que j'éxagère trop à cet
égard, défaut ordinaire de presque

F 3

tous ceux qui s'attachent à combattre les opinions d'autrui, dans ce siècle sur-tout, où nous voyons tous les jours attribuer les plus mauvaises intentions (et même contre ce que présentent visiblement leurs expressions), à tant de philosophes qui ne font que nous éclairer ; je vais citer les propres termes des auteurs que j'ai entrepris de réfuter.

Valerius Reginaldus, ce Casuiste tant renommé, demande (1) « *s'il est permis à un particulier de* « *se venger*, et répond que *non* : « parce-que l'Apôtre dit; qu'il ne « faut point rendre le mal pour « le mal, et qu'on lit dans l'Ec- « clésiastique; que *celui qui veut* « *se venger*, *attirera sur lui la* « *vengeance de Dieu*, *et que ses* « *fautes ne seront point oubliées* ». Il en tire cependant cette conséquence ; « qu'un militaire peut

––––––––––––––––––

(1) *Prax.* lib. 21. n. 62.

« poursuivre sur-l'instant, celui qui
« vient de l'offenser : non-pas cer-
« tainement avec l'intention de
« rendre le mal pour le mal ; mais
« avec celle de conserver son
« honneur. »

Léonard Lessius, bien autrement
fameux chez les Casuistes, que
Reginaldus, s'exprime d'une manière plus claire encore sur cet
article.

Après avoir établi (2) la maxime
générale, qu'*il est permis de tuer
celui qui attente à notre honneur ;*
c'est-à-dire, selon lui, qui cherche
à nous donner un coup de bâton,
ou seulement un soufflet ; celui
qui, par des paroles, ou par des
signes, nous accable d'injures ;
celui enfin qui s'étudie à nous
noircir, en accumulant contre
nous de fausses imputations auprès
du Prince, du Magistrat, ou
d'autres personnes d'honneur ; il

_____

(2) *De Justitiâ.* lib. 2. cap. 9.

F 4

vient, par une conséquence nécessaire, à parler du duel, en
ces termes :

« Si, dans quelqu'occasion, je
« me trouve provoqué et que je
« m'expose à passer pour un
« homme timide et lâche, en
« n'acceptant point le défi ; que je
« ne puisse plus me présenter à la
« Cour, ni espérer d'être nommé
« à quelqu'emploi militaire, ainsi
« qu'il est d'usage, dit-on, chez
« quelques princes ; alors rien
« n'empêche que j'accepte le défi,
« non - pas assurément dans le
« dessein d'ôter la vie à mon en-
« nemi, mais seulement dans l'in-
« tention de me présenter au lieu
« indiqué, afin de ne pas perdre
« cette réputation d'homme cou-
« rageux, qu'ordinairement les
« nobles chérissent autant que leur
« vie : de même, si je me vois
« attaqué, il m'est permis de me
« défendre, en usant de la mo-
« dération requise. »

Cet auteur confirme son opinion, par les deux raisons suivantes.

« Premièrement » dit-il « il est « permis d'accepter le duel, dans « les cas où l'on ne peut conserver « ses biens ou sa vie, sans l'accep- « ter » : ce qu'un peu plus haut, il avoit prouvé d'une manière aussi heureuse. « Pourquoi donc » continue-til « ne sera-t-il pas permis « de l'accepter, quand il sera « question de conserver sa répu- « tation et son honneur? En second « lieu, accepter un défi et se « rendre dans un tel endroit, n'est « pas une action mauvaise en elle- « même : elle est conditionnelle ; « c'est-à-dire, qu'on peut faire « bien ou mal. Si donc le motif « est juste » conclud-il « comme « l'est certainement la conserva- « tion de l'honneur, dont on fait « tant de cas, on peut légitimement « accepter le défi. »

Antonin Diana dit à-peu-près la même chose.

F 5

Cet écrivain, si vanté parmi les Casuistes, et qui, selon la remarque d'un savant théologien, a eu le bonheur d'obtenir plus d'applaudissemens que tous les autres : cet écrivain, que l'on a appellé tantôt l'*Homme admirable*, tantôt le *Théologien universel*, tantôt l'*Oracle des États*, tantôt la *Lune de la théologie morale*, tantôt l'*Atlas du monde casuiste*, examinant si une personne noble peut, sans crainte de péché, accepter un duel; répond (1) que le célèbre *Urtado de Mendosa* a trouvé un cas que l'on peut facilement réduire en pratique; et le voici.

«Supposons» dit-il «qu'un «gentilhomme qui est appellé en «duel, soit convaincu de ne point «être dévot, et que les péchés «qu'on lui voit commettre tous «les jours sans scrupule, fassent «voir clairement que, s'il refuse

_____

(1) *Resolut. moral.* tom. 5. *Tract.* 1. *resol.* 55.

»le défi, ce n'est point du-tout
«par la crainte de Dieu, mais
«par lâcheté; et voyons si, dans ce
«cas-ci, celui qui est provoqué,
«peut se rendre à l'endroit con-
«venu, non-pas avec une inten-
«tion absolue de combattre,
«mais uniquement avec l'intention
«conditionnelle, si on l'attaque
«injustement?.. Cet homme n'a
«pas d'autre intention que de dé-
«fendre sa réputation d'homme
«vaillant, et de dissiper l'idée de
«lâcheté conçue contre lui: chose
«tout-à-fait nécessaire à un noble,
«pour qu'il puisse vivre avec
«honneur, principalement à un
«militaire, que toute l'armée re-
«garderoit comme une poule, et
«non-pas comme un homme.
«Les moyens qu'il choisit sont
«totalement indifférens; d'aller,
«par exemple, dans un champ et
«de s'y promener : moyen que la
«fin rend honnête. C'est là »
ajoute-t-il « l'intention expresse

F 6

« du provoqué, et non-pas celle de
« combattre, qu'il n'a que condi-
« tionnellement, dans le cas où
« l'on viendroit l'attaquer injuste-
« ment : » d'où il conclud « qu'un tel
« homme ne commet aucun péché,
« en acceptant un défi, puisque
« l'acceptation du duel consiste
« dans l'intention expresse de se
« battre, et qu'il ne l'a pas. »

Thomas Sanchez, qui n'est point
du-tout inférieur en réputation à
ceux que je viens de citer, ne
s'exprime pas moins intelligible-
ment qu'eux sur ce sujet.

Il demande « si un innocent, qui
« est assuré que son adversaire veut,
« en usant de fraude, l'opprimer en
« justice, et obtenir contre lui une
« condamnation injuste, peut pro-
« poser et accepter le duel » ; et,
après avoir fait passer en revue plusieurs auteurs qui disent que non, il
ajoute (1); « d'autres s'expliquent

_____

(1) *In Præcept. Decalog.* lib. 2, cap. 63.

« d'une manière bien plus raisonna-
« ble, lorsqu'ils disent qu'un inno-
« cent, dans cette espèce, peut se
» battre en duel pour sauver sa vie,
« son honneur et des biens considé-
« rables, dès qu'il sait certainement
« qu'il n'a pas d'autre moyen à choi-
« sir. Un pareil duel devient une
« défense juste et modérée. Or il est
« certain que cette sorte de défense
« est permise, quand il s'agit de la
« vie, de l'honneur et des biens :
« aussi cette opinion est-elle celle de
« *Bannès*, *Manuel*, et *Navarra*. Ce-
« lui-ci rejette, avec raison, l'excep-
« tion de *Caïetan*, qui éxigeoit, dans
» ce cas-ci, le consentement du prin-
« ce; car la défense qui vient du droit
« de nature même, n'a besoin de la
« permission de personne. »

Cet auteur étoit si fort persuadé de la validité du duel, dans
ce cas-ci, que, dans le reste
de ce passage, toujours appuyé
de l'autorité des écrivains qu'il
a cités, il entreprend de prouver

que l'on n'a même pas besoin de recourir au duel, et que l'on peut tuer en secret son adversaire, si c'est le moyen d'éviter le danger dont nous venons de parler ; un pareil meurtre n'étant qu'une véritable et légitime défense.

La *direction de l'intention* est donc, comme chacun le voit, la méthode dont prétendent se servir tous ces auteurs, pour concilier le duel avec les maximes de l'Évangile. Bien d'autres qu'eux sont tombés dans la même erreur : je ne les citerai point ici, pour ne pas ennuyer le lecteur.

Il n'y a certainement pas de méthode plus fausse et plus ridicule que celle-là ; et, s'il falloit l'admettre, rien ne seroit plus aisé, que d'excuser toutes les fautes possibles : ajoutons que réellement il n'y auroit plus de fautes ; car, où trouve-t-on l'intention formelle de violer la loi ?

L'avare ne pèche pas pour pécher : on doit en dire autant du libertin ; il ne cherche qu'à satisfaire sa passion brutale, Or, comme l'utilité et le plaisir, que l'un et l'autre cherchent uniquement dans leurs actions, ne sont pas capables de les justifier, qu'au-contraire c'est précisément ce qui les constitue coupables, puisqu'ils ne le sont d'ailleurs que parce-qu'ils font des actions contraires à la loi de Dieu, pour le plaisir et les commodités temporelles qu'ils y trouvent ; il est évident qu'un duelliste est coupable précisément par l'action ; car il est si attaché à l'honneur mondain, que, pour le recouvrer ou le conserver, il ne craint pas de violer le précepte que Dieu nous a donné, de ne point rendre le mal pour le mal, et de lui abandonner la vengeance ; quoiqu'au fond, ce duelliste n'ait pas formé strictement le dessein de violer ce précepte.

La morale évangélique ne connoît d'autre intention, ou d'autre

fin des actions, que Dieu même:
elle veut que Dieu ayant tiré
l'homme du néant, il s'abaisse
continuellement devant fa Souveraine Majesté; qu'il lui rende hommage de son éxistence, et de la
faculté qu'il a d'agir, en ne vivant
que pour lui, et en rapportant
toutes ses actions à sa gloire.
Cette morale, conséquemment,
regarde comme peu propre à plaire
à l'Être Suprême, toutes les plus
belles actions, dès qu'elles ont un
autre objet que lui. Or, comment
pourra - t - on justifier une action
aussi mauvaise en elle-même, que
le duel ?

Il n'y a donc rien de moins concluant, ni de plus ridicule, que
cette *direction d'intention* dont se
servent les Casuistes, pour excuser cet abus! Il faut la reléguer
avec le *Péché Philosophique;* avec
tant d'autres absurdités dont leurs
livres sont remplis, et qui, selon
la remarque de l'immortel Chan-

celier *Cristiani* (1), n'auroient
certainement pas été oubliées par
Aristophane et *Plaute*, pour faire
rire les spectateurs, si, de leur
tems, on eût vu fleurir des gens
de lettres de cette espèce.

Il est vrai, qu'après avoir fait
tant d'efforts pour soutenir leur
opinion, ils déclarent qu'il faut
suivre le contraire dans la pratique.
A ce moyen, si quelqu'un, en tombant sur une pareille déclaration,
s'imaginoit par hazard que ces
auteurs fussent opposés au duel ; il
croiroit que je les ai attaqués sans
raison : mais il se tromperoit de
beaucoup, s'il en jugeoit ainsi.

En admettant le duel dans la
spéculation, ces écrivains sont
forcés de l'admettre dans la pratique ; puisque la vérité pratique
naît de la vérité spéculative, et
qu'elle n'en diffère qu'autant que
l'effet diffère de la cause. S'ils

_____

(1) *Deduzioni sopra l'Azilo.* Part. 2.

assurent le contraire, ce n'est pas qu'au fond ils blâment le duel, ce n'est précisément que pour ne pas heurter de front les constitutions des Princes et les décrets de l'Église, qui condamnent fortement cet abus.

S'ils étoient réellement opposés au duel, ils eussent pris une voie beaucoup plus courte; celle de le condamner absolument : mais, de la manière dont ils s'y prennent, ils cachent, au premier coup-d'œil, la fausseté de leur doctrine.

Je dis au premier coup-d'œil; car, à bien considérer une pareille exception, elle est si éloignée de diminuer ce que le duel a d'affreux, que même elle l'augmente. La raison en est, comme l'observe un habile théologien qui les a réfutés avant moi, que, si d'un côté, elle est nuisible, dans la pratique, et si elle trouble la société; d'un autre côté, dans la spéculation, elle renverse la religion, et tend à nous représenter la loi éternelle de Dieu, comme une loi détestable, cruelle et sanguinaire (1).

---

(1) Si j'ai parlé avec tant de force contre la foule des casuistes relâchés, je suis bien éloigné d'attribuer à un seul d'entr'eux, aucune mauvaise intention. Je ne pense pas, comme l'ont fait certains autres écrivains, qui les ont réfutés avant moi, qu'ils se soient étudiés à concilier les maximes de l'Évangile avec celles du point-d'honneur, pour régner à ce moyen sur la noblesse, qui est tant infatuée de ces maximes : comme ils ont encore tâché, disent-ils, de les concilier avec l'usure, le mensonge et l'amour des voluptés ; pour se captiver ceux que ces vices dominent. La vie irreprochable de ces écrivains ne me permet pas d'adopter une telle opinion. Non : la foule des casuistes relâchés dans leurs maximes, ne nous en présente aucun, qui le fût dans sa conduite.

D'un autre côté, ces écrivains ne sont pas les seuls qui nous donnent l'exemple d'une aussi extravagante contradiction. La doctrine du *Léviatan* est horrible ; elle tend à détruire tout principe d'humanité et de justice : cependant *Hobbes* étoit, comme le sait tout le monde, si juste, si humain, si bienfaisant, que plusieurs écrivains ont regardé sa vie comme la plus belle réfutation de ses maximes.

Mais, est-il possible que des hommes, pourvus d'ailleurs de beaucoup de pénétration, comme l'étoit certainement la plus grande partie des casuistes, n'aient pas reconnu l'absurdité de leurs

Puisque j'ai parlé des décrets que l'Église a prononcés contre cet abus, il ne sera pas inutile d'en donner un catalogue abrégé.

Jules II, en l'année 1509, défendit le duel, sous peine de l'excommunication de fait.

---

dogmes ? Croira-t-on qu'ils aient pu ordonner de bonne-foi la mort de leur prochain, pour un soufflet, pour un simple mouvement sujet à être mal interprété ; tandis que les principes de la faculté dont ils sont membres ; c'est-à-dire, les maximes de l'Evangile, sont si contraires à leurs décisions ?

Bayle explique cette énigme, en regardant ce relâchement comme le malheureux effet de la dispute et de la mauvaise manière d'étudier de cette sorte d'auteurs. Effectivement, on ne peut pas en penser autre chose.

« Avant de s'appliquer à la théologie morale » dit-il « ils ont enseigné un ou plusieurs cours « de philosophie ; ils se sont fait une habitude de « subtiliser sur tout ; ils ont mille fois *ergoté* sur « des *êtres de raison* ; ils ont si souvent entendu « soutenir le pour et le contre sur la question des « *Universaux*, comme sur plusieurs de pareille « nature ; enfin ils ont tellement accoutumé leur « esprit aux *objections* et aux *distinctions*, que, « lorsqu'ils sont venus ensuite à s'appliquer aux « matières morales, ils se sont trouvé disposés, on « ne peut mieux, à les embrouiller. »

Léon X, le 23 Juillet de l'année 1519, étendit la même peine
aux spectateurs, et à toux ceux
qui le permettent et le favorisent :
constitutions qui furent confirmées
dans tous leurs points, par
Clément VII.

Comme toutes ces dispositions
ne regardoient que les sujets tem-
porels de l'Église, *Pie V*, après
les avoir confirmées, étendit à tout
le Christianisme, la prohibition ré-
servée au St Siège, contre ceux
qui le commettent, le favorisent,
et y assistent. Ce Pape finit en
conjurant les Souverains, par les
motifs les plus touchans, de si-
gnaler leur zèle pour la gloire de
Dieu et le salut de leurs peuples,
en arrêtant dans leurs Etats, un
désordre si coupable et si funeste.

Le *Concile de Trente* témoigna
son horreur et son indignation
contre le duel, en le nommant *un
usage détestable, introduit par le
Démon, afin de perdre les ames*,

*après avoir cruellement donné la
mort aux corps.* Cette docte assemblée réunit tout ce que les anciens
Conciles et les Papes avoient or-
donné contre ceux qui se battent,
et qui participent à cette sorte
de délits.

Quelques docteurs ayant cru
que le décret du Concile, ne regardoit que les duels publics et
solemnels, *Grégoire XIII*, pour
détruire cette interprétation, qui
pouvoit avoir de trop funestes
conséquences, étendit aussi ces
mêmes peines aux duels privés,
qui se font d'accord, avec déter-
mination de tems et de lieu, quoique sans *parrains*, sans *seconds*,
sans certitude de lieu, et sans avoir
été précédés par des billets de défi.

Tous ces efforts n'ayant pas été
suffisans pour extirper un pareil
abus, *Clément VIII* crut devoir
user de plus de rigueur. Ainsi,
après avoir confirmé tous les décrets précédens, il étendit les peines

qu'ils portent, tant à ceux qui se battent, qu'à ceux-mêmes qui ne font que proposer le duel, ainsi qu'à ceux qui, après être convenus du tems et du lieu pour se battre, étant décidés à le faire, en ont été empêchés; et contre ceux qui conviennent de s'en tenir au premier sang, ou à un certain nombre déterminé de coups. Il les étendit encore à ceux qui donnent conseil et secours pour le duel; aux *parrains*, aux *seconds*, aux *complices*.; à ceux qui se transportent sur le lieu du combat, exprès, pour en être spectateurs; à ceux qui envoient, écrivent ou publient des cartels ou manifestes tendans au duel; en-un-mot, à tous ceux qui y participent, de quelque manière que ce soit, et ce, quand-même le duel n'auroit pas eu lieu, pourvu-qu'il n'ait pas tenu à eux qu'il n'eût son effet.

Enfin, *Benoît XIV*, pour réprimer plus efficacement cet abus, ordonna que l'on privât de la sé-

pulture ecclésiastique, non-seulement ceux qui meurent dans le
combat ; mais encore ceux qui,
hors du champ de bataille, meurent
des blessures qu'ils y ont reçues,
quoiqu'ils aient donné des signes
non équivoques de repentir, et
qu'ils aient obtenu l'absolution de
leurs péchés et des censures. Il
priva aussi, du privilège de l'asyle,
ceux qui tuent quelqu'un en duel,
soit au moyen d'un coup qui donne
la mort sur-le-champ, soit par un
coup qui ne l'occasionne que hors
du champ de bataille : et comme
il n'ignoroit pas que certains Docteurs s'étudioient à éluder, par de
vains subterfuges la loi de Dieu
et celle de l'Église, il condamna
cinq propositions sur ce sujet,
dont quelques-unes sont tout-à-fait
analogues au sentiment des auteurs
que nous avons réfutés.

Telle est l'indignation et l'horreur que de tout tems a témoigné
l'Église contre le duel : l'impression

que

que son autorité doit produire sur
la multitude, achèvera sûrement
de détruire, dans l'esprit des hommes simples, le peu de respect que,
malgré l'évidence des raisons que
nous venons de donner, ils pourroient conserver encore, pour les
écrivains que j'ai réfutés.

CHAPITRE VIII.

*Opposition du Duel à la nature
des sociétés civiles, ou aux
devoirs de citoyen.*

Nous avons vu que le duel
anéantit tous les devoirs de l'homme, considéré d'abord comme
homme, puis comme Chrétien:
reste maintenant à traiter de la
contradiction qu'il y a entre cet
abus et les devoirs de l'homme
considéré comme citoyen. Or,
sous ce point de vue, le duel ne

G

paroît pas moins odieux, qu'il ne l'a paru dans les chapitres précédens.

Dans celui-ci, le duel devient un crime réel de Lèse-Majesté, un véritable acte de révolte contre le Pouvoir Souverain; conséquemment un délit plus énorme et plus odieux que le vol, la trahison et tous les autres délits que font commettre journellement les passions et la méchanceté des hommes.

Ce portrait paroîtra certainement un peu chargé; mais il n'est personne qui ne convienne de sa ressemblance, pourvu-qu'on fasse attention à la formation et à la structure du corps politique.

Exempts de la domination de leurs pareils, et souverains arbitres de tout ce qui leur appartenoit, les premiers hommes ne connoissoient d'autre dépendance, que celle que font naître les secours réciproques : dépendance tout-à-fait nécessaire à des êtres naturellement

foibles et qui , seuls, ne suffiroient
pas à pourvoir à des besoins qu'in-
dispensablement il faut satisfaire
pour éxister et pour vivre heureux.
Mais ils ne continuèrent pas long-
tems à jouir des douceurs d'un
commerce sans dépendance.

A-mesure-que la population
s'étendit sur la face de la terre,
les sentimens d'affection et de
fraternité, qui d'abord les avoient
animés , s'étant évanouis , et chacun se concentrant uniquement en
lui-même, l'innocence des mœurs
anciennes se corrompit , comme
nous l'avons vu. La division des
terreins , l'introduction du droit
de propriété qui s'ensuivit (- conséquences nécessaires de la multiplication des individus), augmen-
tèrent toujours l'amour - propre,
et la corruption dont il étoit la
cause.

Or, depuis ce fatal changement
dans les mœurs , l'extrême liberté
dont jouissoient les hommes, et

qui formoit d'abord leur plus
grande félicité, parce-qu'elle étoit
conforme à la raison, ne pouvoit
que leur devenir funeste.

Il n'y aura plus eu de sûreté ni de
tranquillité dans la possession des
propriétés, parce-qu'elles auront
été sans-cesse exposées à toutes les
extravagances du caprice d'autrui;
le plus fort les aura enlevées au
plus foible, qui ensuite aura inventé
des stratagêmes pour les retirer
des mains du plus fort; l'existence
de tous aura été incertaine et précaire, parce-qu'on aura eu continuellement à craindre les embûches
et les violences d'un homme mal-
intentionné. S'il s'élevoit quelque
différend entre deux personnes,
comment s'y prendre pour le pacifier? puisque, sourdes à la raison,
et trop attachées à leurs intérêts
personnels, elles persistoient à
vouloir faire usage du droit qu'elles
avoient de ne s'en tenir qu'à leur
propre décision!

La liberté dût donc dégénérer en licence, et l'état de nature, qui d'abord étoit un état de paix, de bienveillance, d'assistance et de conservation réciproque, dût devenir un état d'inimitié, de violence et de guerre mutuelle : de-sorte - qu'enfin, les hommes se seroient détruits l'un l'autre, s'ils eussent voulu persister à vivre dans cet état primitif; de la même manière que les corps humains périroient si, lorsque la maladie les surprend, ils continuoient de faire usage des nourritures fortes et succulentes qui conviennent dans l'état de santé.

Voilà pourquoi, jusques dans l'antiquité la plus reculée, et chez les peuples les plus sauvages, on retrouve quelques traces de gouvernement et de loix.

Éclairés par leur malheur commun, les hommes s'avisèrent enfin de sacrifier une portion de leur liberté naturelle, pour jouir du

G 3

reste avec plus de sûreté. Ils s'unirent plus étroitement en société : ils firent des réfléxions sur le petit nombre de ceux qui, au milieu de la corruption universelle, avoient conservé intacte l'intégrité naturelle, et qui en-même-tems avoient donné des marques de leur pénétration ; et celui qui, au jugement de tous, fut reconnu pour s'être distingué au-dessus des autres par l'accord de ces deux qualités, fut choisi d'un consentement unanime, pour être à l'avenir le juge et le souverain modérateur de tous les associés (1).

---

(1) Quand je dis que les hommes, lorsqu'ils pensèrent à former la société, adoptèrent la forme du Gouvernement Monarchique, préférablement aux autres, je ne prétends pas décider que cette forme ait réellement été la première que l'on ait vue dans la monde. Je n'ignore point combien les savans et les politiques ont été divisés jusqu'à-présent, et combien ils le seront toujours sur ce point ; puisque sur l'établissement de la société, et sur le gouvernement, ils ne peuvent faire

Celui-ci promit de ne faire
usage du droit qu'on lui accordoit,

---

que de simples hypothèses qui, conséquemment,
n'en excluent pas mille autres.

Ceux, par éxemple, qui sont pour l'antiquité
de la Monarchie, et c'est le plus grand nombre,
disent qu'il dût être plus facile aux peuples,
quand ils voulurent mettre de l'ordre dans la
société, de choisir un seul chef, parce-que c'étoit
une image de l'autorité qu'ils avoient vu éxercer
par leurs pères, lorsqu'ils étoient encore enfans :
mais ceux qui soutiennent l'ancienneté de
l'Aristocratie, répondent à cela que, par la raison
précisément que les hommes étoient divisés en
famille, il n'est pas à présumer que les chefs de
ces mêmes familles eussent voulu oublier leur
autorité : « il est dont naturel » disent-ils « que
« lorsqu'il fut question d'établir l'ordre dans la
« société, tous ces chefs se soient réservés le droit
« de délibérer entr'eux, sur les affaires publiques, et
« que la jeunesse ait cédé sans peine à l'autorité de
« ceux en qui elle reconnoissoit de l'expérience. »

Les partisans de la première opinion ont recours
à l'Histoire Sacrée, et disent que les plus anciens
peuples dont parle *Moyse*, les Babyloniens, les
Assyriens, les Egyptiens, les Elamites, les nations
qui habitoient les bords du Jourdain, et la Palestine,
étoient tous soumis à des Rois : à quoi ils ajoutent,
qu'en cela l'histoire profane s'accorde avec les
livres saints. « *Homère* » disent-ils « exalte
« perpétuellement les prérogatives de la royauté,
« et les avantages de la subordination : il paroît
« même qu'il n'a pas eu l'idée d'aucune autre

G 4

que dans la vue du bien public, et
les autres s'obligèrent de regarder

« forme de gouvernement. Les Chinois, dans
« cette longue suite de siècles dont ils se vantent,
« n'ont jamais été gouvernés que par des rois; et,
« comme le remarque *Chardin*, ils ne peuvent
« même pas concevoir ce que c'est qu'un Etat
« Républicain; en outre » continuent-ils « il est à
« remarquer que toutes les Républiques anciennes,
« Athènes, Sparte, Rome, &c., ont commencé
« par être soumises à des rois. »

Selon les partisans de l'Aristocratie, il est
incontestable que tous ces rois dont parlent les
histoires anciennes, jouissoient moins du pouvoir
de commander, que de l'autorité de persuader:
d'où ils concluent que de semblables monumens
ne font rien contre leur opinion. Ils la confirment
par l'exemple des Sauvages de l'Amérique, qui,
de nos jours, se gouvernent de cette manière:
et un pareil argument semble décisif, puisqu'il
est certain, qu'à défaut de monumens historiques,
on doit juger de l'état et de la manière de vivre
des peuples qui ont existé dans les tems que
nous regardons comme les premiers âges du
monde, par les récits que nous font les voyageurs,
des Sauvages actuels.

Enfin, ceux qui sont pour l'ancienneté de la
Démocratie, disent que les hommes sont constitués
de manière à ne passer jamais sans préparation,
d'un excès à l'autre. Or, comme il y a beaucoup
de liberté dans la Démocratie, beaucoup moins
dans l'Aristocratie, et moins encore dans les
Monarchies, ils en concluent qu'il est naturel

comme autant d'émanations de
leur propre volonté, tous les actes

---

que les premiers hommes passassent de l'extrême
indépendance de l'état de nature, à un état dans
lequel le citoyen conserve le plus de liberté ;
c'est-à-dire, à la Démocratie.

Suivant d'autres, il est vraisemblable que
toutes ces trois sortes de gouvernemens ont eu
lieu dès l'origine, selon les différences plus
ou moins grandes qui se trouvoient entre les
particuliers, au moment de l'institution. « Dans
« quelque canton » disent-ils « un homme étoit-il
« remarquable par son pouvoir, sa vertu et ses
« richesses ? c'est lui qu'on prit pour maître ; et
« l'Etat devint Monarchique. Dans tel autre,
« quelques personnes, à-peu-près égales sur ces
« trois points, surpassoient-elles, à cet égard,
« toutes les autres ? elles furent élues ensemble ;
« et l'on eut l'Aristocratie. Dans un autre endroit
« enfin, la fortune et les talens étoient-ils moins
« disproportionnés ? les hommes s'y étant rr̃
« éloignés de l'égalité naturelle, conservèr
« l'administration en commun, et formèrent une
« Démocratie. »

Toutes ces opinions sont plus ou moins
probables : je répète donc que je n'entends point
décider que les premières sociétés se soient
réduites en Etats Monarchiques. Si j'ai choisi
cette forme de préférence, ce n'a été uniquement
que pour faire connoître mieux le but que je
m'étois proposé ; c'est-à-dire, en quoi consiste la
nature des sociétés civiles.

En effet, la soumission de tous les citoyens à

G 5

de celle de leur chef, dans ce qui
avoit rapport à la société.

Mais, comme la même cause qui
les rendoit précédemment rebelles
aux ordres de la raison; c'est-à-dire,
la trop grande activité de l'amour-
propre, n'auroit pas manqué de le
porter à enfreindre aussi ceux du
Souverain : injustice qui, comme on
le voit, les auroit replongés dans les
mêmes désordres qu'auparavant ;
pour donner à la société naissante
le dégré de consistance qu'éxi-
geoient ses besoins; à la première
convention par laquelle ils s'é-

---

la volonté d'un seul, c'est-à-dire, à celle du
Souverain, en quoi consiste la nature des sociétés,
est bien plus aisée à connoître, lorsque cette
volonté unique se trouve réellement dans une
personne physique, que lorsqu'elle n'éxiste que
dans une personne morale; dans un être collectif,
comme l'est une assemblée. Pour que cet être
collectif n'ait qu'une volonté unique, il faut les
plus grands efforts de la politique; conséquemment
il faut, pour le comprendre, avoir la connoissance
de ces efforts : connoissance qui ne se trouve pas
chez la multitude.

toient assujettis à la domination d'un Souverain, on en joignit une autre qui lui accorda le droit de se servir des forces de tout le corps, contre quiconque seroit si imprudent que de violer ses ordres, et de forcer à ce moyen, chaque particulier à les exécuter, malgré l'attrait de l'utilité privée.

Telle est la sorte de remèdes que les hommes, en proie aux inconvéniens de l'état de nature, trouvèrent pour s'en garantir ; et ces remèdes produisirent bientôt l'heureux effet qu'ils s'en étoient promis.

Les actions ne furent plus réglées, comme auparavant, par les passions et le caprice de chacun, mais par l'utilité générale et la justice indiquées dans les loix ; et les contestations particulières n'occasionnèrent plus de meurtres, parce-que l'Autorité Souveraine sut bien les pacifier.

L'utilité présente & momenta-

G. 6.

née, qui est presque toujours l'objet des délits, cessa d'en faire commettre, parce-qu'elle se trouva contre-balancée par l'idée, plus puissante, de la peine que le Souverain n'auroit pas manqué de faire subir à quiconque se seroit abandonné au crime.

Les veuves, les orphelins, les pupilles, les enfans même dans leur berceau, se trouvèrent forts; parce-qu'ils étoient défendus par la force de l'État entier : tous enfin retrouvèrent la sûreté, la paix et la tranquillité que naturellement l'humanité désire ; mais après laquelle on avoit, jusqu'alors, soupiré vainement.

La subordination de tous les citoyens au Pouvoir Souverain, est donc l'unique base de la félicité que les hommes peuvent espérer sur la terre ! Ce pouvoir est, dans le corps politique, ce que l'esprit est dans le corps humain ; car, de même qu'une personne, pour vivre, et pour vivre sainement, a besoin que toutes les parties soient assujetties à la force et au gouvernement de l'esprit ; de même, pour que le corps politique tende toujours à son but, il faut que tous les membres qui le composent, soient entièrement soumis au Pouvoir Souverain ; de-manière-que ceux qui ne le font pas, ne sont que des membres tronqués, dont le déplacement ne sert qu'à s'opposer à la vigueur des loix et au bon ordre.

En effet, dans quelques parties de la terre où, par une suite de certains préjugés invétérés, on souffre que des tribus ou associations particulières soient soumises à un pouvoir étranger, les désordres sont sans nombre ; la sûreté publique, surtout, y est presque nulle ; puisque la commodité que les délinquans ont de se réfugier chez ces corps indépendans, leur facilite et les moyens de commettre les délits, et ceux de s'en procurer l'impunité.

L'Autorité Souveraine, je le répète, est donc l'ame du corps politique ! Or je demande, en revenant au duel, s'il est effectivement tel que je l'ai présenté au commencement de ce chapitre, et si l'on peut douter que ce soit un délit égal à la rebellion contre l'État; conséquemment un délit du premier ordre, et plus odieux que tous les délits que la malice et les passions des hommes font commettre tous les jours.

Quel est en-effet le délit, autre que le duel, qui tende directement à détruire l'Autorité Souveraine? ce qui, comme on le voit, constitue précisément la rebellion.

Le voleur, l'assassin, quoique très-odieux, n'ont certainement pas un pareil but.

Ils offensent la société; mais ils n'attaquent pas l'Autorité Souveraine, qui en est le fondement et l'appui.

Ils satisfont leur cupidité, au préjudice des dispositions de la loi ; mais leur prévarication n'est pas fondée sur un refus formel de reconnoître l'autorité de la loi : une preuve incontestable de cela, c'est qu'ils cherchent à l'éluder en secret, et à se soustraire à ses recherches.

Entre tous les coupables, le Duelliste est le seul qui arrive à cet excès, de blesser l'Autorité Souveraine dans ses deux parties les plus nobles et les plus intéressantes ; qui sont, le pouvoir de donner des loix, et celui de les faire exécuter.

Il l'attaque dans le premier point, parce-qu'il s'est fait une loi qui porte qu'une simple plaisanterie, une médisance, un démenti, une parole injurieuse, et autres semblables offenses, sur lesquelles les véritables loix ne prononcent point de peine, ou n'en prononcent qu'une très-légère, ne pourront être lavées, que dans le sang de celui qui en est l'auteur.

Il l'attaque dans le second point, parce-que lui-même s'arme du fer vengeur, pour mettre à exécution, de son autorité privée, une loi qu'il s'est faite.

Il est, tout-à-la-fois, l'*accusateur*, le *témoin*, le *juge* et le *bourreau*. Il se demande à lui-même la mort de son ennemi : il l'ordonne, et l'exécute sur-le-champ. Enfin ses actions indiquent de sa part, le discours suivant.

« Je sais qu'il y a des Tribunaux,
« qui veillent continuellement à la
« sûreté commune, et qui sont
« chargés d'appaiser tous les dif-
« férends qui s'élèvent entre les
« particuliers ; mais, je ne veux
« reconnoître, en aucune manière,
« ces Tribunaux ; je me fais même
« un *point-d'honneur* de les mépri-
« ser ; je veux être l'arbitre souve-
« rain des disputes qui intéressent
« *mon honneur* ; je veux, par la force,
« me faire justice à moi-même. »

Le duel est donc un véritable

crime de Lèse-Majesté (1)! C'est
un délit égal à la rebellion contre
l'État; on peut même dire qu'il a
quelque chose de plus énorme &
de plus odieux.

Hommes idolâtres d'un pareil
abus, ne mettez point bas le livre,
à cette réfléxion terrible!... Mais
souffrez, auparavant, que j'en fasse
l'éxamen.

---

(1) « Cet abus, dit le célèbre *Barbeyrac*, est
« si contraire à la nature des sociétés civiles, que
« quoique les loix de certains Etats ne le prohibent
« pas expressément, il doit toujours être regardé
« comme illicite et criminel ; puisqu'un des
« principaux motifs des loix, est d'empêcher que
« personne en particulier ne se rende justice à
« soi-même, dans sa propre cause ; parce-qu'il
« est difficile, en pareil cas, de ne se laisser ni
« aveugler, ni emporter par l'amour-propre,
« au-delà des bornes prescrites.

« Ce soin que prennent les loix, de faire obtenir
« la réparation des injures, est la plus belle partie
« et la fonction la plus honorable du Pouvoir
« Souverain.

« Delà vient » conclue-t-il » que quiconque
« veut se faire justice soi-même, tandis qu'il peut
« l'obtenir du Magistrat, usurpe le pouvoir du
« Souverain; d'autant-plus que, souvent, l'injure
« est imaginaire. »

Remarquez avec moi, que c'est toujours la tyrannie du gouvernement, qui met très-souvent les armes aux mains d'un sujet rebelle, ou que du-moins c'est toujours-là le prétexte auquel on a recours pour pallier l'injustice de son entreprise ! Vous ! au-contraire, loin de justifier votre attentat, vous vous en glorifiez ; et, à-moins-que d'être absolument aveugles, vous ne pouvez vous empêcher d'avouer qu'il est d'autant-plus odieux que le premier, qu'il comporte une plus grande audace !....

Le rebelle n'est pas ennemi de la subordination civile, mais seulement de ceux qui sont chargés de l'entretenir : aussi voyons-nous qu'ordinairement les diverses rebellions ne font que transporter l'autorité d'une main à une autre; au-lieu que ce qui vous déplaît, à vous, Duellistes ! c'est précisément l'idée de *subordination*.

Quelque grande et notoire que

soit l'intégrité des juges chargés de mettre fin aux contestations particulières, vous dédaignez de leur confier celles qui intéressent votre honneur: c'est l'*orgueil* seul qui vous fait prévariquer.

La conclusion que l'on doit tirer de tout ce que nous avons dit, dans ce Chapitre, est que le duel ne peut se propager dans un État, sans que cet État se trouve privé de son principal avantage; la sûreté commune.

En effet, par-tout où règne un tel abus, quel est le citoyen qui ne soit pas continuellement exposé à perdre la vie, soit par le ressentiment déraisonnable d'un homme qui se croira offensé pour un mot pris en mauvaise part, soit par l'obligation que lui impose ce même abus de se venger par les armes, d'une injure qu'il ne dépendoit pas de lui d'éviter?

Le duel, en maintenant dans l'esprit des citoyens, cette funeste disposition à courir aux armes, pour la réparation et la vengeance des outrages, les entretient donc tous dans un état de guerre ! Or cet inconvénient est celui auquel les hommes étoient sujets dans l'état de nature, et celui qui, comme nous l'avons vu, les engagea sur-tout, à former les sociétés civiles (1).

_____

(1) L'histoire des siècles dans lesquels régnoit cet abus, confirme ce que je dis. Elle nous fait voir que, dans ces tems-là, tous les citoyens étoient réellement dans un état de guerre entr'eux ; puisqu'elle nous prouve que le nombre de ceux qui se trouvoient attaqués tous les jours de cette manière, étoit infini.

Slicker, dans son ouvrage sur la Défense légitime de l'honneur, dit que, pendant le seizième siècle, il n'y eut presque pas une seule famille, qui fût exempte de cette sorte de boucherie. « Les « veuves » dit-il « ont amèrement pleuré leurs « maris ; les enfans, leurs pères ; les pères, dans « un âge avancé, pleuroient leurs fils. Jamais « illusion ne fut plus funeste au genre humain ; et « l'on a lieu d'être surpris, lorsqu'on voit dans « l'histoire, les terribles effets que le duel a « produits si souvent. »

M. de Lomenie rechercha, en 1607, combien le duel avoit fait périr de Gentilshommes en

Je ne saurois terminer mieux ce Chapitre , qu'en adressant aux partisans du duel, ces paroles remarquables , qu'à-propos du duel judiciaire, le Roi *Théodoric* adressa un jour aux Goths de Hongrie : «Ne soyez pas cruels contre «vous-mêmes , mais bien contre «vos ennemis ; qu'un motif léger «ne vous emporte pas aux derniers «dangers ; obéissez à la justice, «qui fait la joie du monde. Pour- «quoi avez-vous recours au duel, «puisque vos juges n'ont point «l'ame vénale ? Mettez bas les «armes, lorsque vous n'avez pas «d'ennemi public : vous péchez «grièvement, quand vous levez le

---

France , depuis que *Henri IV* étoit monté sur le trône ; et, dans le court espace de dix-huit ans, il en trouve quatre mille.

Un autre auteur rapporte que 300 personnes, de ce rang , périrent de la même manière, sous la minorité de *Louis XIV*; et, suivant le calcul du célèbre Père *Théophile Renaud*, le nombre de ceux qu'enleva le duel, dans l'espace de trente ans, auroit pu fournir une armée considérable.

« fer contre un de vos concitoyens,
« pour lesquels vous seriez obligés
« de mourir glorieusement. Quel
« besoin l'homme aura-t-il de sa
« langue, si c'est avec sa main
« qu'il discute ses intérêts ? et,
« quand pourra-t-on jamais avoir
« la paix, si, même dans le com-
« merce de la vie, on connoît les
« combats (1) ? »

CHAPITRE IX.

Si le Duel peut être permis, dans un État mal gouverné, où les Magistrats, par négligence ou par méchanceté, refusent ouvertement la justice.

S'IL EST VRAI QUE, dans le cas présent, le duel soit permis, comme l'ont soutenu quelques

---

(1) CASSIODOR, *Var.* lib. 3. 24.

auteurs modernes (2), ses partisans
ont beau champ, pour suivre leur
passion dominante ; car, à quoi
les hommes sont-ils plus généralement accoutumés, qu'à se persuader qu'ils ont lieu de se plaindre
de la conduite de ceux qui les
gouvernent ?

La grandeur du danger dont je
parle, sera encore plus aisée à concevoir, si l'on fait attention que,
dans les querelles qui ont lieu tous
les jours entre les particuliers, la
prévention de la part de chacune des
deux parties est si forte, que, si
juste que soit la décision du juge,
le condamné ne manque guère de

_____

(2) Cette proposition est une des cinq que
proscrivit *Benoît XIV*, dans la Constitution,
qu'en 1752, il publia contre le duel. Il est
-propos de remarquer qu'elle venoit à la suite
'une autre qui admettoit le duel dans l'état de
ature. Voici comment elle est conçue.

Assertâ licentiâ, pro statu naturali, applicari
tiam potest statui civitatis malè ordinatæ, in
ud nimirùm, vel negligentiâ, vel malitiâ
agistratûs, justitia apertè denegatur.

la taxer d'injustice. L'opinion dont il s'agit ici, mérite donc d'être examinée sérieusement.

« Si, dans l'état civil, le duel est « prohibé, par la raison qu'il y a « des juges chargés d'appaiser les « contestations particulières, pour- « quoi ne le permettra-t-on pas, « toutes les fois que ces juges négli- « geront leur devoir ? Un pareil « état ne diffère nullement de celui « de nature ! Quelle différence, en « effet, entre un État où il n'y a « point de juges, et celui où les « juges ne remplissent point le vœu « de leur institution ? »

Ce raisonnement, base unique de l'opinion que je discute actuel- lement, paroît de la plus grande justesse : mais, au fond, est-il juste ? est-il fondé ?

Tout le monde voit qu'avant tout, il suppose le duel permis dans l'état de nature, et en second lieu, que la mauvaise administration de la justice, a la vertu de remettre

les

les sujets dans la liberté qui convient à cet état. Or, l'une et l'autre supposition sont également fausses.

Ce que nous avons dit de l'opposition entre le duel et les principes du droit naturel, suffit déjà pour montrer le peu de fondement de la première supposition ; puisqu'il est certain que ce droit dérivant uniquement de la qualité d'homme, de quelqu'état ou condition que l'on soit, on est obligé de s'y conformer. Cependant, comme cette supposition est raisonnée, en apparence (ce qui fait qu'elle a séduit, même une grande partie de ceux qui ont écrit sur le droit naturel), il est indispensable d'employer quelques instans à la réfutation de tout ce qu'ils disent pour l'appuyer.

« Les particuliers qui vivent dans « l'état de nature, étant totalement « indépendans les uns des autres, et « n'ayant aucun maître commun, « qui soit revêtu de l'autorité capa-

H

« ble de terminer leurs différends,
« ils ont nécessairement » disent ces
écrivains « celle de recourir à la
« force, comme les Souverains qui
« jouissent de ce même droit, en
« vivant dans le même état : et,
« puisque ceux-ci peuvent, avec
« justice, terminer par des guerres
« publiques, les querelles qui s'élè-
« vent entr'eux ; ceux-là » con-
cluent-ils « pourront tout aussi
« équitablement, terminer les leurs
« par des querelles particulières » :
ce qui veut dire, par le duel.

Ce raisonnement, qui paroît
si juste, n'est, dans le vrai, qu'un
pur parallogisme : on en jugera
ainsi, d'après ce que j'ai à dire.

La raison étant la règle invariable que l'homme doit suivre dans
tous ses jugemens, et dans toutes
ses actions, il est clair que cet
usage même de recourir à la force
(usage qui convient à ceux qui
vivent dans l'indépendance de l'état
de nature), doit être soumis à la

raison : d'un autre côté, la raison
ne pouvant éxiger de la part d'un
homme qui se voit réduit à la
douloureuse extrémité de recourir
à la force, qu'une sorte de proportion entre la force, et ce que
l'on veut obtenir; c'est-à-dire, que
cette force soit employée de la
manière la plus convenable à s'assurer ses droits, et à faire triompher
la justice de sa cause ; il est clair
en-même-tems, que la raison ne
peut approuver l'éxercice d'un pareil
droit, parmi ceux qui vivent dans la
liberté naturelle; conséquemment,
que ce droit ne peut être légitime,
qu'autant-que l'on y reconnoît cette
proportion. Or je prétends qu'ordinairement elle se trouve dans une
guerre entre deux puissances ; au-
lieu que jamais elle ne peut éxister
dans le duel: et je l'établis à l'instant.

La guerre est l'art d'employer
la force, pour contraindre l'ennemi à nous donner ce qu'il noûs
doit, ou pour le dépouiller de ce

qu'il a ravi injustement. Cet art a des règles qui dirigent ses mouvemens ; et ces règles sont le fruit des observations faites en différens tems, pour procurer aux hommes le plus grand avantage possible dans le combat.

On peut, en quelque manière, prévoir le succès de la guerre, en examinant les forces que l'on est en état d'opposer à l'ennemi, ainsi que celles des alliés ; enfin, les diverses ressources que l'on peut se procurer.

La guerre, loin d'être restreinte au jour de l'*Action*, consiste au-contraire à savoir éviter à propos le combat ; à fatiguer l'ennemi par des stratagêmes ; à le détruire petit-à-petit ; à ne combattre que quand on le veut, et à ne le vouloir que lorsqu'on peut le faire avec avantage (1). Ainsi la guerre, qui

_____

(1) C'est là l'idée que les plus célèbres Généraux se sont tous formée de la guerre. « Rien

consiste à savoir employer la force dont on a besoin, devient un moyen naturel et convenable, pour rétablir l'ordre ; puisque c'est par la force que l'on réduit ceux qui ne veulent pas écouter la raison.

Le duel est d'une nature totalement différente.

D'abord la convention que font les deux parties, de ne se battre que dans un tems et un lieu déterminés , exclut toutes les ressources que la prudence auroit pu d'ailleurs leur suggérer pour terminer plus sûrement leurs que-

_____

« ne réduit tant l'ennemi , et n'avance les affaires » davantage » dit le fameux Comte de Saxe « que » cette méthode d'éviter les batailles : il faut donner « des combats fréquens , et détruire , pour ainsi « dire , l'ennemi peu-à-peu ; après cela , il est » obligé de se cacher ».

Selon le Maréchal de Puységur, « les batailles » sont la ressource des Généraux médiocres, qui « abandonnent tout au hazard : ceux qui ont » de l'expérience dans le métier des armes, « recherchent de préférence , les actions dans » lesquelles ils peuvent soutenir les troupes » par leur savoir et leur habileté ».

H 3

relles. Effectivement, sans cette convention, celui qui a le droit d'attaquer, auroit dû se prévaloir du moment le plus favorable, pour surprendre son ennemi et s'en rendre le maître ; de même, celui qui est en droit de se défendre, pourroit se mettre à couvert contre les attaques, ou se précautionner de manière que l'agresseur ne pût l'attaquer qu'avec désavantage.

En second lieu, si nous prenons garde à l'égalité du nombre des combattans, il est visible que ce n'est qu'une espèce de hazard qui fait la décision. Or personne assurément ne dira que ce soit là le parti le plus naturel, celui auquel il soit plus convenable de s'arrêter, pour soutenir la justice de sa propre cause.

Si l'on m'oppose que le succès des armes est douteux : je répondrai d'abord, avec *Thucydide*, qu'il l'est rarement pour les grands Capitaines ; j'ajouterai ensuite, que, même en accordant cela, la différence essentielle que je viens d'établir entre le duel et la guerre, n'en existe pas moins.

Quelque douteux que soit le succès d'une guerre, et quoique l'on voie quelquefois les mesures les plus sagement prises, déconcertées par un ennemi plus fort ou plus habile; toujours est-il vrai que, vu sa nature, la raison ne cesse pas de l'approuver, comme un moyen de réduire par la force, ceux qui s'opposent à ce qui est juste; et que, dans aucun sens, l'on ne peut dire la même chose du duel.

L'incertitude du succès, dans celui-ci, naît de la nature même de la chose; au-contraire, l'incertitude de l'issue que pourra avoir une guerre, provient uniquement de ces circonstances accidentelles et tout-à-fait imprévues, qui font que souvent les conseils de la prudence sont sujets à l'erreur, sans, pour cela, cesser d'être dictés par la raison: aussi, les sages de tous

H 4

les tems ont-ils toujours été d'accord sur ce point-ci; d'estimer les Généraux, non-pas eu égard au succès de leurs entreprises, mais en proportion de la prudence militaire et du savoir, avec lesquels ils les conduisirent.

La victoire qu'*Aléxandre* remporta au passage et sur les rives du *Granique* : victoire qui fut l'époque de sa brillante carrière, fut regardée par les Romains, dit *Plutarque* (1), comme une témérité condamnable; parce-que ce fleuve, qui fut, pour ainsi dire, le berceau de sa gloire, devoit, selon toutes les apparences, en être le tombeau.

Ils portèrent le même jugement, sur la célèbre entreprise de *Lucullus* contre *Tigrane*.

« Ces graves et judicieux Répu- « blicains » observe le même au- teur (2), « ne crurent point devoir « faire cas de l'audace d'un Général,

_____

(1) *In vitâ Alexand.* | (2) *In vitâ Lucull.*

« par la raison qu'il avoit été heu-
« reux, ni approuver un succès qui
« avoit si fort augmenté la gloire
« de l'Empire, vu-qu'il n'en étoit
« redevable qu'à une cause qui de-
« voit le ruiner entièrement ».

Mais! sans recourir à des tems
trop éloignés de nous, n'a-t-on pas
vu, il n'y a pas un siècle encore,
un fameux Général sur le point
d'avoir la tête tranchée après avoir
remporté une victoire signalée,
uniquement parce-qu'il ne la devoit
qu'au hazard?

Cette différence essentielle entre
le duel et la guerre, étant solidement établie, tout ce que le raisonnement que nous venons d'attaquer, offroit d'imposant au premier
aspect, s'évanouit, et il ne reste
plus en effet, qu'un véritable parallogisme.

« Les particuliers qui vivent dans
« l'indépendance naturelle « disent
ces écrivains « jouissent du droit
« de la force, de la même manière.

H 4

« qu'en jouissent les Souverains qui
« vivent dans la même indépen-
« dance. Ainsi « continuent-ils,
« puisque ceux-ci terminent sans
« injustice, leurs querelles par des
« guerres publiques; ceux-là peu-
« vent aussi sans injustice, terminer
« les leurs par le duel; c'est-à-dire,
« par des guerres particulières ».

Cette conséquence n'est pas juste :
c'est visiblement assimiler le duel
(qui n'a lieu qu'entre deux particuliers) à l'état de guerre entre deux
princes; c'est supposer que l'un re-
présente exactement l'autre, et que
la seule différence entr'eux, provient du plus grand ou du moindre
nombre de combattans. Or, que
cette supposition soit totalement
fausse et sans fondement, c'est ce
que j'ai démontré; et la seule conséquence qu'il soit permis de tirer
d'un pareil principe, c'est que
les particuliers qui vivent dans
l'indépendance naturelle, jouissent
d'un droit, ou d'attaque, ou de

défense, conforme aux règles que
la prudence suggère, tel enfin qu'il
a effectivement lieu dans la guerre.

A tort m'objecteroit-on que les
histoires fourmillent d'éxemples de
combats singuliers et convenus,
dont certains États ont fait usage,
pour terminer des différends qui,
si l'on s'y fût pris d'une autre
manière, eussent occasionné des
guerres publiques; vainement en
tireroit-on la conséquence que le
duel peut être regardé comme un
moyen légitime de mettre fin aux
contestations entre gens qui vivent
dans l'état de nature : une telle
objection, répondrois-je, auroit la
plus grande force dans le cas où la
conduite des états en question,
auroit été conforme à l'équité :
mais aussi, l'on peut dire que cela
n'est pas généralement vrai, par
les raisons que nous avons déjà
données (1).

_____

(1) Je dis : *généralement*, parce-qu'il y a un

Ce que je dis se confirmera davantage encore, pourvu-qu'on veuille faire attention qu'il n'est aucune histoire qui nous offre un seul exemple d'une nation cultivée et polie, qui ait mieux aimé risquer sa liberté et le salut de l'État en un seul coup, que de s'engager dans une guerre qui auroit coûté beaucoup de sang.

Les Sarmates, en effet, les Germains, et en général tous les anciens Peuples Septentrionaux, à qui ces guerres représentatives étoient si familières, étoient des peuples barbares et sauvages, qui ignoroient également et leurs vé-

---

cas où une pareille conduite peut être permise ; c'est lorsqu'ayant bien calculé ses forces, la nation qui a été injustement attaquée, se trouve si foible, qu'elle ne voit aucune espérance de résister à son ennemi : rien ne s'oppose alors à ce qu'elle offre définitivement de terminer la querelle par le moyen du duel ; car, ne s'exposant à ce moyen, qu'à un péril qui n'est pas assuré, pour éviter un danger certain, elle ne s'expose qu'au moindre des deux maux auxquels elle se trouvoit inévitablement en bute.

ritables intérêts , et les principes
du droit les plus simples.

Tels étoient aussi les Grecs , aux
tems des combats d'*Hector* et
d'*Ajax* ; de *Diomède* et d'*Enée* ;
de *Ménélas* et de *Paris* : tels
étoient les Romains eux-mêmes ,
lorsque se donna le combat si
connu , des *Horaces* et des *Curia-*
ces ; car ce seroit se tromper fort ,
que d'accorder à ces deux peuples ,
à l'époque de ces combats ; c'est-
à-dire, presqu'à leur origine , la
politesse et le savoir qu'on leur
attribue généralement.

Alciat , je le sais, et beaucoup
d'autres jurisconsultes célèbres ,
soutiennent la justice de ces guerres représentatives ; mais, comme il
n'est plus question aujourd'hui que
de raisons , et nullement d'autorités ,
examinons celles dont ces écrivains
appuient leurs prétentions.

« Si le Prince » dit *Alciat* (1),

_____

(1) *De Singul. certam. cap.* 3.

« peut justement exposer aux dan-
« gers du combat, une armée nom-
« breuse, à plus forte raison, pourra-
« t-il exposer un seul ou quelques-
« uns de ses capitaines les plus
« déterminés, qui mettront fin à la
« contestation : de cette manière,
« il épargnera bien du sang, et il
« évitera une infinité de maux et
« de désordres, qui sont insépara-
« bles de la guerre ».

Ce discours indique assurément un
grand fond de compassion chez son
auteur : du reste, je ne sais trop si
c'étoit bien-là le moment d'en faire
parade.

Que diroit-on, en effet, d'un prince
qui abandonneroit au sort, la décision d'une querelle publique ?....
Chacun diroit que l'obligation que
lui impose sa place, de pourvoir à sa
conservation et au salut de l'État,
est d'une trop grande importance,
pour qu'il lui soit permis de renoncer aux moyens les plus propres à
lui faire atteindre ce but, et de

préférer la voie du sort, qui, de sa nature, est incertaine! Mais! on doit en dire autant d'un homme, qui, da s un pareil cas, auroit recours au duel; puisque, comme nous l'avons vu, il y a bien du hazard dans cette sorte de combat..

Il est donc incontestable que le duel ne peut être permis dans l'état de nature, et l'on en conclud en-même-tems, qu'il ne peut pas l'être non-plus, dans un État mal gouverné..

Quand-même j'accorderois ce que j'ai contesté jusqu'à-présent, les partisans de cette opinion n'y gagneroient encore rien; car, comment réussir à appuyer l'autre supposition, que nécessairement ils ajoutent à celle-ci? Comment prouver que la mauvaise administration de la justice ait la force de remettre les sujets dans la liberté de l'état de nature?

En-vain m'objectera-t-on que tout pouvoir, qui n'est accordé

que dans telle vue, doit imman-
quablement cesser, dès-que son
but se trouve négligé par ceux qui
ont été revêtus de ce pouvoir :
en-vain conclura-t-on delà que le
but du système politique étant
uniquement de protéger les innocens ; de prononcer des jugemens
pleins de raison et d'équité, du
moment où ceux qui président au
gouvernement, agissent contre le
vœu de leur institution, et qu'au
préjudice de la confiance que l'on
avoit prise en eux, ils font la
guerre à ceux qui souffrent, ceux-
ci acquièrent aussitôt le droit de
reprendre leur liberté primitive.
Si de tels principes étoient admis,
toutes les sociétés seroient bientôt
anéanties, et, au-lieu de trouver
de l'ordre dans l'univers, on n'y
verroit qu'anarchie et confusion ;
puisque, comme nous l'avons précédemment observé, rien n'est
plus commun, chez la multitude,
ignorante et toujours mécontente,

de son sort, que d'accuser d'injustice ceux qui la gouvernent. Delà suit que la raison, toujours amie de l'ordre, réprouve formellement de pareils principes.

« Les sages » nous dit très-bien *Tacite* « supportent les mauvais « princes, comme on supporte « l'influence des mauvaises constel- « lations: ils regardent les véxations, « les proscriptions, les empoison- « nemens et les autres effets de « leur cruauté, du même œil qu'ils « voient les stérilités, les pestes, et « les autres maladies occasionnées « par l'intempérie des climats. Il « faut » ajoute-t-il « prier les Dieux « de nous donner des Empereurs « qui soient bons et justes: mais, « quels que soient ceux qu'ils nous « ont donnés, il faut les souffrir ».

Et à vrai dire, s'il est incontestable que les hommes, lorsqu'ils s'unirent en société, n'eurent d'autre but que la félicité publique; il est clair que personne n'a le

droit de se dispenser de l'obéissance
dûe aux loix, lors même que sa
docilité lui attireroit des maux qu'il
ne mériteroit pas ; parce-qu'en se
soustrayant à cette injustice, on
ne pourroit s'empêcher d'ouvrir la
porte à mille véxations qui déso-
leroient la société ; parce-qu'agir
ainsi, ce seroit sacrifier la tranquillité et la félicité publiques à
une satisfaction passagère.

Le citoyen, en pareil cas, est
obligé même de mourir pour la
conservation de la loi, comme il le
seroit de défendre au péril de sa
vie, un poste qui lui auroit été
confié, et dont la perte entraîneroit
celle de la patrie : aussi voyons-nous
que *Socrate* résista constamment
aux instances de ses disciples, qui
vouloient le tirer de la prison
et le soustraire à la fureur de ses
ennemis ; ne regardant point comme
un bien, de conserver la vie en
donnant un éxemple de désobéis-
sance aux loix.

C'est par la même raison qu'après la plus célèbre victoire navale qu'aient remporté les Athéniens, les généraux ayant été cités devant le peuple, pour avoir négligé, au mépris des loix, d'ensevelir les morts, tous comparurent, excepté deux; et qu'ayant été condamnés à la mort ainsi qu'à la confiscation, tous souffrirent cette peine, sans qu'aucun d'eux reprochât aux Athéniens, leur injustice. « Ils crai-« gnoient » dit un savant écrivain de l'antiquité (1) « de diminuer le « respect dû au Tribunal qui les « avoit condamnés ».

Si nous avons égard aux préceptes de notre Religion, combien cette obligation ne deviendra-t-elle pas plus positive pour nous?

En effet, JESUS-CHRIST voyant que la fidélité qui nous attache aux souverains légitimes, est l'unique cause de la tranquillité des royaumes,

_____

(1) DIODOR. *lib.* 13.

et des empires, ne s'est pas contenté
de nous en faire un devoir de
religion ; il a même fait évanouir
tous les prétextes dont nous aurions
pu nous servir pour la violer (1),
déclarant ouvertement que , ni les
mauvaises qualités qui peuvent se
rencontrer dans la personne des
souverains , ni la dureté de leur
gouvernement ne dispensent jamais
les sujets de la fidélité qui leur est
dûe : et dans les quatre premiers
siècles, les Chrétiens animés de l'esprit de leur instituteur, donnèrent
mille exemples frappans de cette
religieuse soumission, ne diminuant
rien de leur obéissance même
envers les empereurs païens , et
jusques dans les momens où ils
les tourmentoient avec le plus de
fureur.

Il est donc faux que la mauvaise
administration de la justice autorise
les particuliers , à se la rendre.

---

(1) 1. *Petr. Apost.* II.

à eux-mêmes, par le moyen du duel; puisque, comme nous l'avons vu, les deux suppositions qui font la base de cette opinion, sont également fausses et mal fondées. Nous avons donc réussi à détruire totalement un prétexte qui pouvoit fomenter un pareil abus!

CHAPITRE X.

Opposition du Duel à la nature du véritable honneur. Examen des raisons sur lesquelles on fonde là nécessité et la convenance d'un pareil abus.

A MESURE QUE les hommes renoncèrent à la vie errante et sauvage, & que prenant un système moins sujet aux variations et aux incertitudes, ils se rapprochèrent et se réunirent en différens corps: alors ils commencèrent aussi à

faire des comparaisons entr'eux ; et
le résultat de leurs réfléxions , fut
d'un côté, l'origine de l'*honneur,*
de l'autre, celle du *mépris public.*
Celui qui se distinguoit des autres
par la supériorité des talens , et
par les vertus ; celui qui contri-
buoit plus que les autres à l'utilité
commune, devint l'objet de l'estime publique ; c'est-à-dire , fut
honoré : au-contraire , l'homme
inutile, et, à plus forte raison,
l'homme dangereux , demeura entièrement privé du suffrage des
autres hommes.

L'honneur n'est donc autre
chose , que l'estime du public , accordée à un citoyen , à raison de
quelque qualité éminente ! Conséquemment, être avide d'honneur,
c'est éxactement desirer d'obtenir
cette estime : desir qui auroit formé
la plus grande félicité du genre
humain , si , comme ils l'auroient
dû, les hommes n'eussent accordé
leur estime, qu'à des qualités qui

en fussent réellement dignes.
Chacun alors, se seroit soumis à
l'heureuse nécessité de pratiquer la
vertu, pour ne point se voir privé
de l'estime de ses semblables : situation insupportable pour un être
social. Les loix règnant alors sur
l'*opinion* et dans le cœur des citoyens, elles eussent été certaines
d'être observées exactement : alors
enfin, on n'auroit point connu
d'autre ambition, que celle de se
rendre réciproquement heureux.

Mais, malheureusement! le mérite réel et la vertu ne furent pas
toujours le fondement de l'honneur : le séduisant aspect de
quelques qualités, estimables en
apparence, quoique méprisables au
fond, les fit honorer aussi. L'illusion se trouva portée au point,
d'honorer jusqu'aux vices les plus
extravagans et les plus funestes.
La multitude, naturellement avide
des suffrages d'autrui (parce-qu'elle
y trouve l'approbation de la haute

estime qu'elle a d'elle-même) ;
accoutumée d'ailleurs à vivre plus
dans l'imagination des autres, que
dans la sienne propre, témoigna
pour cet honneur fantastique et
chimérique, tout l'attachement
qu'elle eût dû réserver uniquement
au véritable honneur, et ne chercha
plus cet honneur réel, que là où
l'avoit placé l'opinion, sans réfléchir, sans s'inquiéter si l'opinion
avoit un fondement raisonnable,
ou si elle n'avoit d'autre règle,
que le préjugé et l'erreur. L'amour
de l'estime, à ce moyen, au-lieu de
servir à la félicité du genre humain,
ne fit qu'augmenter ses disgraces;
et bientôt on vit les hommes agir,
par un principe d'honneur, contre
les maximes les plus évidentes de
la Religion, de la morale et des
loix.

Les anciens sages connurent le
préjudice que portoit à la société,
cet amour d'une fausse gloire; et,
pour le déraciner entièrement du

cœur

cœur de l'homme, ils s'attachèrent
sérieusement à rectifier l'opinion,
relativement aux objets d'estime.

Ils posèrent pour principe, qu'on
ne doit estimer personne, qu'eu
égard aux qualités de l'esprit, à la
vertu ; puis animés de cette force
de génie, qui, en élevant le philosophe au-dessus des usages de son
siècle, le conduisent à juger des
choses, non suivant l'idée commune, mais d'après la règle im-
muable du vrai ; ils portèrent
hardiment un regard critique sur
tout ce qui est pour les hommes
un sujet d'admiration, et prononc-
cèrent, sans balancer, que ce
qu'on estime ordinairement, loin
d'en être digne, ne mérite uniquement, que de l'indifférence, le plus
souvent même, que du mépris.

Pour rendre plus odieux encore
cet honneur capricieux et faux,
ils surent faire entendre qu'on
doit dédaigner les suffrages de la
multitude ; qu'il faut au-contraire

I

n'avoir égard qu'à ceux du petit nombre d'hommes raisonnables qui n'estiment que le mérite et la vertu; et ils en donnèrent eux - mêmes l'éxemple.

« Un seul approbateur véridi-« que » disoit *Démocrite* « vaut plus « que la multitude »; et « l'estime « que nous nous témoignons réci-« proquement » écrivoit *Epicure* à un de ses amis « nous contente, « nous satisfait bien plus, que ne « le feroient les acclamations po-« pulaires. »

Un autre philosophe craignoit d'avoir dit une sottise, lorsqu'il entendoit le peuple l'approuver.

Horace se faisoit un point-d'honneur de mépriser les suffrages de la multitude; et *Pline le Jeune* nous atteste que, ne se réglant jamais sur le sentiment du peuple, il avoit coutume de ne consulter uniquement qu'un petit nombre de personnes choisies et accréditées.

Je ne puis parler de ces sages,

qui se sont occupés à conserver intactes dans l'esprit des peuples, les véritables notions de l'honneur, sans payer un tribut d'éloges à ce sage et vertueux citoyen Romain qui éleva deux temples; l'un à la *vertu*, l'autre à l'*honneur*: mais si voisins l'un de l'autre, et tellement disposés, que nécessairement il falloit traverser le premier; pour entrer dans le second (1). Belle idée, pour rappeller au citoyen, qu'on ne peut acquérir l'honneur réel, qu'en pratiquant la vertu! Sage politique, de faire servir le plus haut dégré d'autorité, à rendre les hommes vertueux!

Tel est le soin que prirent les anciens sages, de rectifier l'opinion et l'honneur. Leur éxemple a été

_____

(1) *Benè, ac sapienter majores nostri, ut sunt aliæ ætatis illius ædes honori, atque virtuti gemellas locârunt, commenti, quod in te vidimus ibi esse præmia honoris, ubi sunt merita virtutis.*
Symmach. lib. 1. Epist. 20.

suivi par les philosophes modernes; ceux sur-tout de ce siècle-ci se sont distingués à cet égard: mais, malgré tant d'efforts, combien d'objets sur lesquels l'opinion jusqu'à-présent, n'a point été corrigée !

Dans plus d'un endroit, les vertus factices sont encore plus honorées que les véritables vertus.

La *Philosophie Scholastique*, cet amas de mots inintelligibles, qui ne tend qu'à former des hommes *doctement absurdes* et *orgueilleusement stupides* : cette philosophie, à laquelle conséquemment on doit préférer l'ignorance, autant-que celle-ci est préférable à l'erreur, est, dans certains pays, la seule science estimée.

L'antique préjugé, qui déclare le commerce incompatible avec la noblesse, n'est pas encore tout-à-fait extirpé.

N'est-il pas telle nation cultivée et pleine d'esprit, chez qui la paresse et l'indolence sont en honneur?

Chez telle autre, même plus cultivée, n'est-il pas permis de s'abandonner à la plus honteuse débauche, sans que la réputation en souffre le moins du monde?

Une de ces sortes d'honneur, fondée uniquement sur l'erreur et le préjugé, et qui toutefois ont la vogue dans le monde, est celle que généralement on attache au duel.

Peut-il, en effet, y avoir autre chose, que l'erreur et le préjugé, capable de porter un être raisonnable à desirer l'approbation de ses semblables, lorsqu'il ne peut l'obtenir que par une action qui réunit autant de crimes, que le fait le duel?

Examinons quelles sont les raisons sur lesquelles le public fonde la nécessité de se battre : nous reconnoîtrons que réellement elles n'ont d'autre fondement, que le préjugé et l'erreur. Pour mieux

en faire sentir le ridicule, je vais
les présenter sous leur aspect le
plus avantageux, telles qu'on les
trouve dans les *Faustus*, les *Bi-
ragues*, et dans tant d'autres auteurs
extravagans et bizarres, qui en ont
fait une science, un système; et
que l'illustre Marquis *Maffei* a si
heureusement réfutés.

« L'honneur » disent-ils « est
« pour les hommes, le bien le plus
« précieux: pour l'acquérir et pour
« en prendre soin, on doit négliger
« toute autre entreprise, mépriser
« tous les dangers; en faire autant de
« cas que de la vie, même l'estimer
« davantage; enfin, aucune loi, ni
« de la patrie, ni du prince; aucune
« raison d'intérêt, ni de conserva-
« tion de la vie ne doit être préférée
« à l'honneur. »

Cette proposition, quoiqu'adoptée, ne laisse pas d'être tout-à-fait
dénuée de fondement.

L'honneur, comme nous l'avons
vu, n'est autre chose que la répu-

tation. Celle-ci est un bien qui ne
dépend pas de nous, mais des
autres, et, en grande partie, du
hazard; et, comme elle n'est ni
moins incertaine, ni moins trom-
peuse que les dons de la fortune,
on la range, par cette raison, dans
la même classe. Or est-il raisonnable de placer le bien suprême
dans une chose qu'on peut nous
enlever, sans qu'il y ait de notre
faute? Dans une chose aussi fra-
gile, aussi exposée aux dangers,
que l'opinion des hommes est sujète à varier, est-il raisonnable de
perdre un bien tel que la vie; un
bien que l'on ne peut recouvrer
quand on l'a perdu, pour en sauver
un, tel que la bonne renommée,
dont la perte est réparable?

L'homme sage n'omet rien pour
obtenir les suffrages des hommes:
mais, s'il ne peut y parvenir sans
manquer à ses obligations; alors,
il les méprise : il aime mieux
paroître vicieux, que de s'attirer

L 4.

l'approbation générale, en trahissant son devoir et la vertu.

« Si je ne puis être reconnois-
« sant » disoit *Sénèque* (1) « sans
« paroître ingrat ; si je ne peux
« rendre un bienfait, sans que mon
« procédé soit pris pour une injure,
« je tâcherai d'éxécuter un aussi
« honnête dessein, dût-il m'attirer
« l'infamie. Personne « continue-
t-il « ne me semble plus attaché
« à la vertu, que celui qui renonce
« à l'apparence d'homme de bien,
« pour en conserver la réalité ».
Ainsi, ce que l'on doit préférer
à la vie ; ce que l'on doit rechercher pardessus toute autre chose,
n'est pas l'honneur, mais bien ce
qui est honnête, ou la vertu.

Continuons notre éxamen.

« Les injures ravissent. l'hon-
« neur » ajoutent les écrivains dont
j'ai parlé « n'étant pas présumable

---

(1) *Epist.* 81.

«que celui que l'on méprise, soit
«vertueux»: seconde proposition
non moins déraisonnable que la
première.

Tout le monde est exposé à
recevoir des injures: mais, comme
elles ne viennent que de la part
de gens injustes, qui agissent mal,
ou de gens passionnés et incapables de juger sainement; on ne
peut pas raisonnablement croire
que celui qui a le malheur de les
recevoir, les ait méritées : au
contraire, puisqu'offenser autrui,
est un mal: c'est chez l'agresseur,
que l'on doit réconnoître le vice.

En effet, quand on entend le
récit d'une action injurieuse, si
l'on taxoit intérieurement son
auteur d'être un homme orgueilleux ou colère, inquiet ou cruel ;
le jugement que l'on porteroit de
lui, seroit motivé; car l'action
qui l'auroit occasionné, indique
ces défauts-là. Mais! se décideroit-
on aussi promptement à penser

I 5

mal de l'offensé, tandis-qu'on ne verroit de sa part, aucune action? On sent qu'il n'est rien de plus ridicule que de prétendre que recevoir un outrage, prouve qu'on l'a mérité, comme ayant manqué à son devoir.

« Eh-quoi »! dit très-bien, à ce sujet, un moderne célèbre (I), « les mensonges d'un calomniateur « font-ils disparoître les vertus que « l'on possède réellement ? Les « injures d'un homme ivre prou- « vent-elles qu'on les mérite ? Et « l'honneur du sage sera-t-il au « pouvoir du premier brutal que « lui fera rencontrer le hazard ?

« Si l'honneur » poursuivent nos écrivains « est le plus grand de « tous les biens, et si les injures « le blessent ; le ressentiment le « guérit et lui rend la vie. L'hon- « neur est une arme fabriquée par

_____

(I) ROUSSEAU, Nouvel. Eloïse.

«les sages, pour faire mourir «l'injure». Nouvelle supposition.

Le ressentiment, enfant de la passion, n'a aucune relation avec la vérité des choses qui l'ont précédé : il peut donc éxister indifféremment chez les innocens et chez les coupables! Ces derniers même, sont ordinairement plus prompts à repousser les injures et à s'en venger : elles leur font plus de peine, parce-que la vérité les irrite, et qu'ils ne possèdent point les vertus dont on a besoin pour pouvoir mépriser les injures.

«Se peut-il quelque chose de «plus contraire au bon-sens» dit, à ce propos, un savant auteur (2), «que d'imaginer que, si quelqu'un «m'a fait un affront, je peux m'en «laver, en m'exposant à en rece- «voir un nouveau ; en excitant «même à me tuer, celui, par

_____

(2) Épictète, *Moral.*

Ii 6

« éxemple, qui m'aura donné un
« démenti ? A-t-on jamais cru
« pouvoir réparer une brèche, en
« l'élargissant, ou fermer une plaie,
« en la déchirant ? »

Ils avancent que, « lorsqu'il
« s'agit d'injures, ne pas en té-
« moigner de ressentiment, se-
« roit avouer qu'on la mérite ».
Mais! cela ne justifie pas leur
proposition.

Premièrement, personne ne
consent à sa propre ruine. Ainsi,
de ce qu'on voit une personne
souffrir patiemment, on ne peut
nullement en conclure qu'il ap-
prouve l'intention de celui qui l'a
offensé. En second lieu, il est de
principe en Droit, que, *lorsqu'un*
effet ou une opération peut provenir
de plusieurs motifs, on doit préférer
l'interprétation qui est la plus
favorable. Comment donc croire
que quelqu'un se décide à souffrir,
précisément par le motif qui lui
est le plus préjudiciable ; c'est-à-

dire , parce-qu'il reconnoît avoir
mérité d'être offensé, pendant-qu'il
peut y être engagé par tant d'autres
motifs, même, par la vertu ? .

Je fais une dernière réfléxion.

Quiconque diroit que se venger,
c'est prouver que l'on a l'esprit
vif, que l'on est sensible et colère ;
n'auroit pas de peine à soutenir
sa proposition : mais, dire que
la vengeance est une preuve que
l'on se reconnoît digne d'être
injurié ; c'est avancer une grande
absurdité ! Remarque-t-on , en
effet, que ceux qui ne méritent
point d'injures, soient les seuls
qui en témoignent du ressentiment ; et que celui qui, par ses
fautes, s'est attiré des injures,
surmonte sa passion , dans le
moment où il se venge ? Rien
moins que cela : il est même bien
plus raisonnable de croire tout le
contraire ; car celui qui a pu une
première fois manquer et provo-
quer une personne, par ses mauvais

déportemens, sera bien capable de manquer encore, en témoignant du ressentiment pour une injure méritée; et, dès-qu'on n'a pas fait difficulté d'outrager quelqu'un, ou de lui faire tort, on sera plus porté, en proportion, à se venger sans raison; ce qui est une faute bien moins grande.

En démontrant la fausseté de ce principe; que *le ressentiment a la qualité de laver les affronts:* nous avons en-même-tems, réfuté celui qu'ils en déduisent; que *l'honneur oblige tout le monde à se venger des injures reçues.* Quel étrange précepte! C'est un nouveau trait de vertu, inconnu à tous les sages qui ont fleuri dans la Grèce et dans le Latium!

Je ne m'arrêterai point à répéter les longs et pompeux discours des stoïciens sur cette matière : ils vouloient, comme chacun le sait, que le sage ne sentît point les injures.; ce qui est également contraire à la vérité et au bon-sens.

En effet, que la vertu doive servir à nous consoler dans nos peines, ou qu'elle doive nous rendre insensibles, ce n'est pas la même chose : la première de ces deux opérations lui appartient bien ; mais, point-du-tout la seconde. Le sage sent donc les injures ! mais, lorsqu'il les sent, la vertu lui fait un devoir de les souffrir. C'est ainsi qu'en pensèrent tous les philosophes Grecs et Romains, sans en excepter *Epicure* lui-même : et les philosophes n'étoient pas les seuls ; jusqu'aux soldats chez ces deux nations, c'est-à-dire, les personnes les plus féroces, celles en qui le ressentiment étoit le plus prompt, avoient, sur ce point, les mêmes idées, et ils en donnèrent des preuves dans mille occasions (1).

----

(1) La grandeur d'ame de l'Empereur *Théodose*, mérite que nous en fassions ici mention.

Je ne prétends pas au-reste, que
les anciens ne se vengeassent pas:
non. La nature a formé les hommes
extrêmement sensibles aux injures;
et, par cette raison, les anciens se
vengeoient: mais, outre-que la vengeance étoit, chez eux, totalement
différente de ce qu'elle est chez nous,
parce-qu'ils n'usoient uniquement
que de celle qu'autorisoient les
loix; c'est-à-dire, qu'ils citoient
et accusoient l'offenseur devant les
juges (1): tout ce que je veux

Lorsqu'il traite dans son Code *L. Unic. Codic.*
eum qui Imperat. maledixerit ; de ceux qui
auroient mal parlé de l'Empereur, il ne veut
pas que l'on prononce contr'eux aucune punition.
« Si cela provient de légèreté » dit-il « on doit
« le mépriser ; il faut les plaindre, si la folie en est
« cause ; enfin, leur pardonner, si on regarde
« cela comme une injure. »

(1) Que telle ait été réellement la vengeance
chez les anciens, nous en avons une infinité de
preuves.

Socrate ayant reçu un coup de pied, dit à ceux
qui s'étonnoient de sa patience : si un âne me
l'avoit donné, l'aurois-je traduit en jugement?..
il vouloit dire ; m'en serois-je vengé ?

Pausanias ayant été frappé par *Attalus*, en

dire , est qu'ils ne connoissoient
aucune loi d'honneur qui les obli-

---

appella au Roi *Philippe* : (DIODOR. *sicul.*
lib. 6.)

Cicéron eut beaucoup d'inimitiés , de très-cruelles
même ; et il s'y fit connoître extrêmement
vindicatif : cependant ! usa-t-il jamais de la force ?
Lisez ses *Philippiques* ; vous verrez comment il
se vengea.

Domitius accusa en plein Sénat , *Lucius-Scilla* ,
pour avoir refusé , d'une manière outrageante ,
de lui céder sa place aux Jeux ; & *Vitellius* ,
avant de monter sur le trône , intenta l'action en
injures contre un Affranchi , son créancier ,
affirmant que cet homme lui avoit donné un
coup de pied.

Germanicus ayant été empoisonné par *Pison* ,
recommanda à ses amis , avant de mourir , de ne
pas le laisser sans vengeance. « Le principal
« devoir des amis » leur dit-il « n'est pas de
« pleurer lâchement la mort de leur ami ; mais
« de se rappeller sa volonté , et d'éxécuter ses
« ordres : *Germanicus* sera pleuré , même par
« ceux qu'il ne connoît pas ; il sera vengé par
« vous , si c'est lui que vous aimiez , et non-pas
« la fortune ». Or si l'on veut être certain que la
vengeance desirée par ce brave guerrier , lorsqu'il
se vit trahi , n'étoit autre chose que l'accusation
de *Pison* devant le Magistrat , on s'en assurera
par ce qu'il dit encore à ses amis : « vous aurez
« lieu » ajouta-t-il « de porter des plaintes au
« Sénat , et d'invoquer ses loix... La pitié parlera
« en faveur des accusateurs, ... &c. »

geât , comme nous , à le faire:
La preuve en est , que , dans les

Zozime rapporte , (*Hist. lib. 4. cap.* 15.)
comment *Rufin* , chef des Officiers du Palais
sous *Théodose* , ayant reçu un soufflet de
Promotus , en plein Conseil , se contenta d'en
porter ses plaintes à l'Empereur.

Quand il ne s'agissoit que d'injures verbales ,
les anciens employoient une autre sorte de
vengeance ; ils rétorquoient , et ce moyen n'est
point indigne d'un homme grave , pourvu-que
l'on ne s'emporte point , et que l'on rétorque de
sang-froid. L'Histoire nous en fournit plusieurs
éxemples.

Au rapport de *Plutarque* , (*Apopht. Laonic.*)
le célèbre *Lysandre* , Général des Spartiates ,
ayant été outragé de paroles par l'un d'eux , lui
dit ; « courage , mon ami , décharge ton cœur
« tout à ton aise ; ne laisse rien à dire : ton esprit
« est tout plein de méchanceté ; tu pourras
« facilement le désemplir. »

La réponse de *Philippe* , Roi de Macédoine ,
à *Démocarès* , Ambassadeur des Athéniens , n'est
pas moins remarquable. Ce Prince lui ayant
demandé comment il pourroit s'y prendre pour
faire plaisir aux Athéniens ; le Ministre étranger
lui répondit insolemment : « vous n'avez qu'à
« vous pendre ». Irrités d'une semblable réponse ,
tous les assistans auroient voulu que , sur-le-
champ , le Roi s'en fût vengé , en faisant arrêter
et punir l'Ambassadeur : *Philippe* se contenta de
lui faire cette réponse ; « allez , vous , et vos

traités écrits par les sages de l'antiquité, pour engager les hommes à souffrir, ils ne tirent leurs objections que des mouvemens de la colère et de l'empire de la passion, trop difficiles à réprimer ; mais nullement d'une opinion relative à l'honneur qui imposât la nécessité de repousser les outrages.

Rien n'est donc moins fondé que cette maxime, qui dit, que *l'honneur nous oblige à nous venger* ; et cependant c'est sur ce principe aussi dénué de réalité, que l'on s'appuie, pour soutenir que le duel est une chose convenable et nécessaire. Mais! quand-même ce principe seroit vrai, si nos auteurs vouloient raisonner solidement, ils ne pourroient en rien déduire en faveur du duel ; puisque,

---

« compagnons d'ambassade, et dites aux Athéniens,
« que ceux qui parlent ainsi, sont bien plus
« orgueilleux que ceux qui écoutent patiemment
« de pareils discours. »
   SENEC. *de Ird*, lib. 3, cap. 23.

s'il est vrai, comme ils nous l'enseignent, que l'injure apporte un trouble à la bonne opinion, et que nous devions conséquemment nous venger pour la rétablir; du-moins le sera-t-il aussi que le ressentiment doit être de nature à faire reconnoître la vérité; et il ne sera tel, que lorsqu'on aura recours au Magistrat.

Effectivement, si le Magistrat décide que l'injure est sans fondement, et qu'il punisse l'offenseur; le monde alors reprendra sûrement la bonne opinion qu'il avoit de l'offensé: ce qui jamais n'arrivera, si, pour se venger, il fait usage du duel. Cette conclusion pourroit se soutenir, tout-au-plus, si les auteurs en question avoient réglé que l'on ne dût se battre, que pour des injures qui intéresseroient la bravoure; puisque, pour mériter quelque réputation d'homme brave et courageux, il suffiroit de demeurer vainqueur dans cette sorte

de combat : mais, dès-qu'ils étendent la nécessité de se venger à
toutes les espèces d'injures, leur
décision ne signifie plus rien.

Dans le fait, qu'y a-t-il de
contradictoire à ce que j'aie été,
par exemple, un menteur, et que
cependant j'aie vaincu dans le
combat ?

« A ce compte-là, selon la re-
« marque d'un grand écrivain (1),
« un coquin n'auroit qu'à se battre,
« pour cesser d'être tel ; les discours
« d'un menteur deviendroient des
« vérités, toutes les fois qu'il les
« soutiendroit l'épée à la main ; et,
« si vous étiez accusé d'avoir tué un
« homme, vous iriez en tuer un
« autre, pour prouver que cela
« n'est pas vrai. Ainsi, la vertu, le
« vice, l'honneur, l'infamie, la vé-
« rité, le mensonge, tout enfin peut
« tirer son existence du succès d'un

_____

(1) ROUSSEAU, *Nouv. Héloïs.*

« duel. Une Salle d'armes est le
« Siège de toute justice : il n'y a point
« d'autre droit, que la force ; d'autre
« raison, que la mort !... Toute la
« réparation que l'on doit à ceux que
« l'on offense, est de les égorger ; et
« toute offense est également bien
« effacée, par le sang de l'agres-
« seur, et par celui de l'offensé ! »

En-vain nos auteurs répètent-ils
incessamment, que, « sur-tout de la
« part d'une personne noble, c'est
« une bassesse de recourir au Magis-
« trat, pour des injures que l'on a
« reçues ; que c'est au-contraire,
« grandeur d'ame, que de les venger
« par son propre courage et de son
« autorité privée (1) » : je ne répon-

_____

(1) « Il n'y a point de véritable déshonneur » dit
sagement *Puffendorff*, (DE JURE NATUR. ET GENT.
lib. 8. cap. 4.) « à aimer mieux implorer le
« secours du Magistrat, ou à souffrir en silence
« les injures que l'on a reçues, que de s'en
« faire raison soi-même, à la pointe de l'épée,
« comme il se pratique dans certains endroits,
« parmi les nobles, sur-tout parmi les militaires ;

d'ai point à cette extravagance.
Eh quoi! les Souverains mêmes,

« bien-entendu-que la patience, dans ce cas,
« n'emporte point une tacite reconnoissance de
« quelque mauvaise action, dont le soupçon aura
« été la cause ou le prétexte des mauvais traitemens
« que l'on aura reçus.

« Ce seroit assurément une grande bassesse, et
« une indolence tout-à-fait indigne d'un homme
« de cœur, que de boire toutes sortes d'outrages,
« sans jamais se mettre en devoir de défendre
« courageusement ses droits : mais on peut,
« uniquement par mépris, négliger de tirer raison
« de certaines injures; et, pourvu-qu'on le fasse
« à-propos, et avec discernement, loin-que ce soit
« une tache pour notre honneur, ce sera, au-
« contraire, une preuve de grandeur d'ame.

« A plus forte raison, ceux qui vivent dans un
« pays où les vengeances particulières sont
« expressément prohibées, peuvent - ils, sans
« craindre l'infamie, aimer mieux obéir au
« Souverain, que de s'exposer, par un faux
« point-d'honneur, à un combat que sa nature
« même et la sévérité des loix rendent doublement
« dangereux.

« Ce n'est pas toujours une marque de bassesse,
« que de ne pas vouloir en venir aux mains à tout
« propos, et de ne point exposer sa vie et ses biens
« sans nécessité, puisqu'il y a mille occasions où
« l'on peut, sans crime, et avec plus de sûreté,
« faire preuve de son courage:

« L'homme sage doit compter pour rien les
« discours du public, par la raison que le véritable

dans les crimes de Lèse-Majesté, qui intéressent leurs propres personnes, ne se font pas justice personnellement: ils remettent les coupables aux mains des Magistrats, pour qu'ils les jugent suivant les loix; et *un petit Officier* se croira *déshonoré*, en suivant la même conduite ?

Cette folle opinion, qui rend honorable la vengeance et la violence privées, étoit pardonnable aux anciens Germains et aux autres peuples barbares : la liberté dont ils jouissoient, ressembloit beaucoup à celle de l'état de nature; ils n'avoient que ce moyen unique de mettre un frein à la colère, à la fureur, à la trahison; et, de cette manière, ils entretenoient dans le

---

« honneur d'un citoyen dépend du jugement du
« Souverain, de ce que les loix ont décidé, et que
« les règles de la vertu nous prescrivent d'obéir
« aux loix, sans nous mettre en peine de ce que
« disent les sots, dont l'opinion ne mérite qu'un
« souverain mépris. »

cœur

cœur des citoyens, une crainte
réciproque et salutaire, qui sup-
pléoit au défaut de leur constitution
politique; enfin, de deux maux,
c'étoit le moindre. Mais, à-présent
que nous vivons dans un siècle où
la politique a atteint le plus haut
dégré de perfection; à-présent que
l'usage du duel, au-lieu de maintenir la paix et l'harmonie dans la
société, n'y sert qu'à occasionner
des désordres et des cruautés inu-
tiles; il est bien juste que nous
l'ayions en horreur.

Les raisons sur lesquelles le
monde s'appuie, pour soutenir que
le duel est une chose convenable
et nécessaire, ne sont donc visiblement fondées, que sur l'erreur et
le préjugé, ainsi que nous l'avons
établi! Ce sont un amas d'hypothèses spécieuses, de sophismes
captieux, et de subtilités. Con-
cluons-en que l'estime généralement accordée à cet abus, est une
des plus grandes folies qui ait pu ja-

K

mais entrer dans la tête des hommes:
on ne doit donc pas mépriser
absolument le conseil de ce politique (1), qui, entr'autres moyens
propres à arrêter la fureur des
duels, a donné l'idée de *renfermer
étroitement, parmi les foux*, celui
qui aura proposé un défi, et de *le
tenir long-tems dans le traitement.*

CHAPITRE XI.

Si le Duel est une preuve de courage.

PLUSIEURS ÉCRIVAINS le nient,
et vont encore plus loin: ils prétendent au-contraire que c'est une
foiblesse, une bassesse indigne
d'un homme vraiment courageux.
Mais je doute fort qu'une telle
opinion ne soit un de ces bril-
lans paradoxes, auxquels les gens

---

(1) L'Abbé *de St Pierre.*

de lettres ont ordinaire de se livrer, dans la seule vûe de faire parade de leur esprit. Si cela étoit, loin que cette opinion pût servir à combattre les partisans du duel, comme s'en sont flattés les écrivains dont il s'agit ici; elle ne feroit qu'appuyer davantage leurs prétentions.

En effet, rien n'est plus préjudiciable à une bonne cause, que de l'appuyer de bonnes et de mauvaises raisons indistinctement : c'est le moyen de donner beaucoup d'avantage à ses adversaires. Ceux-ci ne manquent jamais de s'attacher aux raisons les plus foibles; et, quand ils sont parvenus à en faire voir le vuide, ils savent rendre suspectes, celles qui sont essentielles, en ne faisant que les effleurer.

Examinons donc avec attention, le sentiment de ces écrivains.

Si les raisons sur lesquelles ils se fondent, sont justes et solides, je me féliciterai d'avoir trouvé un

nouveau moyen pour parvenir au
but que je me suis proposé dans cet
ouvrage : moyen qui seroit très-effi-
cace ; car il frapperoit le Duelliste
de ses propres armes, comme l'on
dit ordinairement, puisqu'il n'y a
rien dont il soit plus fortement persuadé, que de son propre courage.

Si, au-contraire, cette opinion
ne résiste point à l'examen ; je serai
d'autant-moins embarrassé, que,
même dans ce cas-là, les partisans
de cet abus n'en peuvent tirer
aucune conséquence avantageuse
à leur cause.

« Quiconque se donne la mort,
« pour se délivrer des chagrins de
« la vie, est certainement » selon
ces écrivains « *un homme lâche et
« pusillanime.* Or » ajoutent-ils,
« qu'est-ce que le prétendu courage
« de ceux qui exposent leur vie
« par le duel, a de supérieur au
« courage du *suicide ?* En effet »
continuent-ils « y a-t-il quelque
« chose de plus noble à redouter

« le mépris public, qu'à craindre
« de mener une vie pénible et
« misérable? Et faudroit-il, par
« hazard, moins de résolution pour
« se plonger un poignard dans le
« cœur, que pour se présenter en
« combat singulier, les armes à la
« main? »

L'opinion qui admet de la bassesse dans le duel, est donc une
conséquence de celle qui regarde
aussi le suicide comme une bassesse!
Mais! cette opinion a-t-elle un
fondement réel?

Si la vérité d'une proposition
dépendoit du nombre et de la
célébrité des auteurs qui l'avancent,
aucune assurément ne seroit mieux
fondée que celle-ci; car il n'en est
peut-être pas une qui ait été
adoptée par un plus grand nombre
d'écrivains, et d'écrivains célèbres.
Mais, comme l'autorité n'ajoute
et n'ôte rien au mérite des choses,
discutons les raisons dont on veut
se prévaloir.

K. 3.

« Celui qui se tue » dit un de ces auteurs (1) « offense les loix; et, « au-lieu d'être magnanime, *c'est « un poltron , un homme vil* , et « qui ne cherche pas la mort comme « une chose honnête; puisqu'il n'y « a recours, que pour se soustraire « aux adversités. »

« Le courage » dit un autre (2), « ne consiste pas à craindre la « vie; mais *à en souffrir constam- « ment toutes les disgraces.* »

Un troisième soutient (3) que « rien n'est plus facile, que de se ré- « soudre à la mort, lorsqu'elle nous « délivre des plus grandes traverses; « au-lieu qu'*il n'y a pas de force « comparable à celle qui nous les « fait supporter patiemment.* »

« Aucun accident » dit encore un autre de ces écrivains (4) « n'est

_____

(1) ARISTOT. 3. *Æthic.* cap. 11.
(2) SENEC. *Thebaid.* Act. 1.
(3) MARTIAL. *lib.* 4. *Epigram.* 57.
(4) MONTAIGNE. liv. 2. chap. 3. pag. 249,
édition de Paris, un vol. *in-fol.* 1657.

« capable de faire tourner le dos
« au véritable courage ; *c'est la*
« *lâcheté* » poursuit-il « *qui nous*
« *fait recourir à la mort, pour*
« *éviter les coups de la fortune.* »

Ainsi, tous ces auteurs ne se sont
déterminés à regarder le *suicide*
comme une *bassesse,* que parce-
qu'ils ont cru qu'il faut plus de
résolution ou plus de force d'esprit
pour souffrir les disgraces de la vie,
que pour s'y soustraire par la mort.

Cependant ils se sont grossièrement trompés : c'est ce dont
on se convaincra facilement, pour-
peu-que l'on veuille rentrer en
soi-même ; que l'on consulte sa
propre raison et l'expérience. On
reconnoîtra que nos craintes sont
toujours proportionnées à nos
desirs : d'où il résulte que le cœur
de l'homme ne connoissant pas
d'inclination plus forte et plus
active, que celle qui nous attache
à la vie ; il est certain qu'il n'y a
point de crainte au-dessus de celle

K 4

de la perdre; conséquemment, qu'il
n'y a ni courage ni résolution
égale à celle qui nous fait triompher
d'une pareille crainte.

Et, réellement, la mort fut
toujours pour les hommes, le
point-de-vue le plus terrible: quoique tout leur prouve que cette
mort est inévitable, jamais ils n'ont
pu se familiariser avec cette idée,
et jamais ils n'y pensèrent qu'en
tremblant.

Si la mort effraie les jeunes-gens,
elle redouble les peines et la tris-
tesse des vieillards : ceux-ci la
redoutent encore plus que ne le
font ceux-là, comme étant plus
accoutumés à la vie, et parce-que
leur esprit affoibli, a moins d'é-
nergie. Les malades mêmes, en
proie aux douleurs, et plongés
dans la misère, au-lieu de la
regarder comme la fin de leurs
peines, pâlissent à son aspect :
aussi, parmi le nombre infini de
gens qui se trouvent dans ce cas,

en voit-on fort peu qui aient
recours à la mort. La plupart
aiment bien mieux prendre leurs
maux en patience, que de consentir
à leur propre destruction.

On m'objectera peut-être, que
cela doit moins s'attribuer à un
défaut de résolution et de courage,
qu'à la Religion dont nous faisons
profession, et qui défend si expressément le suicide : mais ! répondrois-je, à Rome, la Religion ne
statuoit nullement sur cette action ;
et, quand-même elle s'en seroit
occupée, ne sait-on pas le mépris
que les grands avoient pour elle ?
Le Sénat, dans les derniers tems
de la République, étoit presqu'*une
assemblée d'athées* ; et cependant,
parmi le grand nombre de Séna-
teurs qui se trouvoient dans le
parti opposé à *César*, *Caton* eut
seul le courage de se donner la
mort, plutôt-que de s'humilier
devant le vainqueur.

Je ne prétends point m'associer
K 5

par-là, à la foule des aveugles et idolâtres admirateurs de *Caton*: non. Ç'a été, de sa part, une action injuste, inhumaine et criminelle, ainsi que chez tous ceux qui ont suivi son exemple; et rien n'est plus certain, ni plus aisé à démontrer.

« Nous sommes dans ce monde, dit très-bien *Platon* (1) « comme « dans une grande prison, dont il « ne nous est permis de sortir, *que* « *par l'ordre du geolier en chef.* « Nous appartenons à DIEU, de « la même manière que nous ap- « partiennent nos esclaves ; et, « comme ils ne possèdent rien en « propre, nous n'avons rien qui soit « à nous. Nous n'avons donc pas *le* « *droit* de disposer de notre vie, « et nous ne la devons abandonner, « *que lorsqu'il plaira à* DIEU *que* « *cela arrive.* »

« Combien ne détesteroit - on

_____

(1) Lib. 9. *de Legibi.*

«pas» dit-il au même endroit, «l'action d'un homme qui assassi-«neroit son meilleur ami! *Voilà*» poursuit-il «*ce que fait celui qui* «*se tue.*»

A ces raisons, on peut ajouter celle-ci: elle n'est ni moins solide, ni moins victorieuse ; que n'étant pas nés pour nous seuls, mais aussi pour les autres hommes, ceux-ci exigent de nous certains devoirs, auxquels nous ne pouvons en au-cune manière nous soustraire; que c'est conséquemment violer ses devoirs envers la société, que de l'abandonner avant le tems, d'autant-plus-que personne ne peut se trouver dans aucune circons-tance où il soit certain de ne pouvoir être d'aucune utilité aux autres; puisque, dans la maladie, même la plus désespérée, un homme peut être utile à ses semblables, ne fît-il que leur donner un exemple de constance et de fermeté.

K 6

Le suicide est donc une action injuste! Je ne le conteste pas ; je nie seulement que ce soit une bassesse (1).

Par la même raison, que le suicide n'est point une action basse, le duel n'en sera pas une non-plus.

Que l'on exagère tant que

---

(1) M. *de Voltaire* est le seul écrivain, que je sache, qui ne soit point tombé dans l'erreur générale : il la réfute même avec beaucoup d'agrément et d'énergie.

« Quelques beaux esprits » dit-il « prétendent « que les anciens qui se donnoient la mort, « manquoient de véritable courage ; que *Caton*, « en se tuant, fit une action de poltron, et qu'il « eût marqué bien plus de grandeur d'ame, en « s'humiliant devant *César* ; mais une pareille « idée peut à peine trouver place dans une Ode, « ou, si l'on veut, dans une figure de Rhétorique. »

« Il est incontestable » poursuit-il « que l'on « auroit tort de prétendre qu'il n'y auroit point de « courage à se procurer une mort cruelle ; il en « faut pour maîtriser ainsi le plus puissant instinct « de la nature : enfin, une pareille action est une « preuve de férocité, plutôt que de foiblesse. »

« Quand un malade est dans le transport, on « doit dire, non-pas qu'il manque de force ; mais « que sa force est celle d'un frénétique ». (*Mélanges de Philosophie*, &c.)

l'on voudra, la crainte d'un déshonneur qui n'éxiste que dans l'imagination ; de ce prétendu déshonneur que le monde attache sottement au refus d'un défi, et dont le Duelliste est la malheureuse victime ; toujours sera-t-il vrai que le duel est l'effet d'un sentiment qui nous fait braver la plus grande crainte que la nature ait mis dans le cœur des hommes. Or il n'est personne qui, de lui-même, ne comprenne qu'il faut pour cela, la plus grande force d'esprit dont un homme soit susceptible.

Si l'on m'oppose que le véritable courage consiste à voir le danger tel qu'il est réellement, et à l'affronter ; au-lieu-que l'imagination du Duelliste, totalement absorbée dans l'idée de conserver son honneur, ne lui permet pas de voir le danger auquel il s'expose : je conviendrai de la solidité du principe, sans convenir toutefois, qu'il soit applicable à ce cas-ci.

Eh-quoi! lorsqu'un homme est attentif à observer les plus petits mouvemens de son adversaire; à mettre en usage toutes les règles de l'escrime; qu'il doit conséquemment avoir l'esprit tranquille et le plus grand sang-froid possible : on pourra dire de lui que cet enthousiasme de l'honneur l'aveugle au point, qu'il ne peut voir le danger dont il est menacé à chaque instant?

L'histoire des tems dans lesquels le duel étoit généralement pratiqué, nous offre une foule d'exemples d'hommes prévenus en faveur de cet abus, et qui cependant n'osoient pas se battre! Rien n'étoit plus familier alors, que de voir des gentilshommes, après s'être défiés, faire naître tantôt une difficulté, tantôt une autre; s'amuser à pointiller, à disputer sur le choix des armes, sur l'indication du lieu, sur le plus petit désavantage, le tout pour

éviter d'en venir aux mains. « On
« les voyoit » comme le dit le
Marquis *Maffei* « éviter le duel,
« tout en faisant les duellistes. ». Or,
comme il est évident que toutes
ces minuties n'étoient que des in-
ventions suggérées par la peur; il
est visible aussi que ceux qui se
battoient, avoient du courage.

Peut-être repliquera-t-on que
ceux qui se battent, se fient sur
la force de leur bras, sur leur
habileté au métier des armes, et
l'on en conclura toujours qu'ils
ne voient point le péril qui les
menace : je répondrai de mon
côté, que personne ne devroit
donc se mesurer que contre un
adversaire vis-à-vis duquel on
fût sûr d'avoir la supériorité ; ce
qui est absolument contraire à
l'expérience. Rien n'est effectivement plus ordinaire, que de
voir un gentilhomme, ou un
officier, piqué d'*un mot équivoque*
ou d'*une légère plaisanterie*, mettre

aussitôt l'épée à la main contre
celui qui en est l'auteur, sans faire
attention s'il lui est supérieur en
force, en dextérité; très-souvent
même, sans le connoître.

Accordons cependant, que personne ne se batte qu'en conséquence
d'une ferme persuasion de sa supériorité sur un adversaire; accordons en-outre, que cette persuasion soit réellement bien fondée :
je n'en vois pas davantage comment
elle peut nous donner tant de
confiance, que de nous aveugler
sur le danger; puisque l'expérience
nous fournit mille exemples de
gens qui, en réunissant tous les
avantages possibles, n'en ont pas
été moins tués, vaincus, même
par des hommes foibles, et nullement expérimentés.

A cela j'ajouterai, que, loin de
diminuer le danger, la certitude
de l'impéritie d'un adversaire, l'a-
grandit encore dans l'imagination;
et la raison en est sensible.

L'homme sans expérience, fait mille mouvemens faux et ridicules, auxquels ne s'attend pas celui qui est au-fait : celui-ci s'imagine que son adversaire fera certains mouvemens qui, devront naître des précédens, ou de ceux qu'il fait lui-même : cet adversaire néanmoins ne les fait pas ; au moyen de quoi l'homme expérimenté demeure interdit, étonné et déconcerté.

L'histoire fournit à ceux qui prétendent nous faire voir de la bassesse dans le duel, un argument bien plus fort que ceux que nous avons réfutés jusqu'à-présent.

Nous lisons qu'un fameux Général (1) voulant dissiper la fureur des duels, qui désoloient son armée, s'avisa de les permettre, mais sous la condition que ceux qui voudroient terminer ainsi leurs querelles, combattroient sur un

---

pont ; entre quatre piques, *et que le vaincu seroit jeté dans la rivière, sans-que le vainqueur eût la liberté de lui accorder la vie.* Or, comme il n'y eut personne qui voulût combattre de cette manière ; et que l'expédient du Général eut tout le succès qu'il en avoit attendu ; nos adversaires en concluent que la bravoure de ces gens, qui sont si passionnés pour le duel, n'est pas à l'épreuve de la crainte d'une mort assurée.

Assurément, cette conclusion paroît sans replique : au fond, cependant, elle n'est pas telle.

J'ai dit qu'un des principaux motifs qui portent le Duelliste à se faire justice lui-même, provient de ce qu'il est persuadé que *son honneur* souffriroit, s'il avoit recours au Magistrat, et s'il imploroit le secours des loix : l'aveugle point-d'honneur veut que les loix ne se mêlent en rien des contestations qui l'intéressent. Or, si dans le cas que je viens de citer, l'autorité des loix se faisoit visiblement reconnoître ; s'il est clair que cette mort, que ne pouvoit éviter l'un des deux combattans, devoit être regardée comme une conséquence de cette même autorité ; comme une punition, plutôt-que comme un acte ultérieur de la volonté des combattans, et un sacrifice au point-d'honneur : il est clair aussi que le succès de l'expédient du Général, ne fut pas l'effet de la crainte d'une mort assurée, conséquemment d'une bassesse ; mais uniquement de la *répugnance* du Duelliste *à reconnoître l'Autorité Souveraine* dans les contestations qui intéressent le *point-d'honneur*. Le même principe, qui auparavant, portoit les officiers à se battre, devoit alors nécessairement les empêcher de le faire.

Que l'on rabaisse donc le duel autant que l'on voudra ; que l'on dise que celui qui y a recours, est un scélérat qui foule aux pieds

toutes les loix les plus sacrées; mais
qu'on ne le traite pas d'homme
lâche et pusillanime. La cause de
ceux qui entreprennent d'attaquer
cet abus, fourmille trop de bons
moyens, de preuves convaincantes,
pour-qu'on doive y en ajouter une
aussi-peu démonstrative ; je dirai
même aussi erronée que celle que
nous venons de réfuter : elle rebu-
teroit avec raison, le Duelliste, et le
rendroit indocile, jusqu'à ne pas
vouloir se prêter aux plus évidentes
raisons qu'on pourroit lui opposer.

Les écrivains qui soutiennent
cette prétendue bassesse du duel,
sont d'autant-plus condamnables,
que, quoiqu'on leur accorde que
le duel est réellement une preuve
de courage, ses partisans ne peuvent néanmoins tirer de cet aveu,
aucune conséquence favorable à
leur cause.

Le courage, en effet, n'est digne
par lui-même, ni de louange, ni
de blâme; ce n'est pas une *vertu*,

mais une *qualité heureuse*, dont la nature place le germe chez tous les hommes ; qui fructifie ou s'anéantit à proportion de ce que l'éducation est mâle ou efféminée, et qui ne mérite conséquemment d'estime, qu'autant-qu'elle sert d'instrument au devoir et à la vertu.

Gonsalve, à la tête des armées, s'expose mille fois aux dangers les plus évidens ; *César-Borgia* montre la même intrépidité : mais le premier est animé par un motif bien noble; celui de défendre son prince : le second n'a d'autres vues, que d'avancer ses desseins ambitieux et tyranniques, en même-tems que ceux de son père. *Gonsalve* est *un héros* ; *César-Borgia* est *un scélérat*.

Un baladin expose tous les jours sa vie sur la corde; *un voleur* fait la même chose sur le grand chemin : cependant! qui jamais s'est imaginé de faire l'éloge de leur courage?

Les Romains décernoient les honneurs du triomphe, érigeoient des trophées aux *Décius*, aux *Scipion*, aux *Marcellus*: au-contraire, il n'est aucune classe d'hommes qu'ils méprisassent plus que les *gladiateurs*, quoique ceux-ci donnassent chaque jour, des preuves de courage infinies. Pourquoi cette différence ? Parce-que ces graves et judicieux Républicains faisoient trop de cas du sang des hommes, pour pouvoir estimer des personnes qui se décidoient si facilement à le verser.

Le courage du Duelliste doit être comparé à celui de tous ces scélérats, puisqu'il ne peut, ainsi qu'eux, en donner des marques, sans se souiller des crimes les plus horribles.

Hobbes attache, à la vérité, de l'honneur à cette sorte de courage; c'est même par cette raison qu'il veut que le duel, quoique prohibé par les loix, soit cependant une manière honorable de combattre.

« Les duels » dit-il (1) « étant « *une marque de force et de cou-* « *rage*, tant chez celui qui fait « l'appel, que chez celui qui l'ac- « cepte, ils ne peuvent guère passer « que pour *des combats honorables*, « quoiqu'ils soient défendus par les « loix. »

Je me flatte toutefois, que personne ne se laissera éblouir par l'autorité d'un tel philosophe : il faudroit, pour cela, commencer par ne reconnoître, comme il le fait, d'autre origine du droit, que la supériorité de la force, et rejetter toute autre distinction entre ce qui est juste et ce qui ne l'est pas. Or un pareil système est trop déraisonnable ; j'ajouterai qu'il est même trop contraire à nos sensations les plus communes, pour-qu'on puisse l'adopter sérieusement.

_____

(1) *Leviathan*, cap. 16.

Les Orientaux, quoique taxés de barbarie, et quoique sur ce point, ils soient effectivement barbares à plus d'un titre, raisonnent cependant mieux que le Philosophe Anglois : ils regardent comme glorieux, de mourir les armes à la main, pour le service de leur prince; mais ils ne peuvent concevoir qu'il y ait de l'honneur dans un combat qui n'a d'autre objet, qu'une contestation particulière : delà vient que le duel n'est point en usage chez eux (1).

Que

---

(1) « Les anciens Grecs, Romains et « Hébreux » dit *Bâsnage* (DE LA CHEVALERIE ET DU DUEL) « avoient beaucoup de courage; « les Turcs et les Persans d'aujourd'hui en ont « beaucoup. Cependant, les uns et les autres « n'ont connu ni le duel, ni les maximes du faux « point-d'honneur qui le produisent. »

« Aucun officier » dit l'*Abbé de St Pierre* (BIBLIOTHÈQUE, tom. 10.) « n'est déshonoré « chez les Turcs, les Persans, les Chinois et les « autres Nations Orientales, pour avoir recours « à son commandant, lorsqu'il se trouve insulté. »

« Les

Que le Duelliste cesse donc
de tirer vanité du courage qu'il

« Les Turcs » dit *Lefcbvre* (Tʜᴇᴀᴛʀᴇ ᴅᴇ ʟᴀ
Tᴜʀϙᴜɪᴇ) « ne se battent point en duel , et ne
« savent ce que c'est que d'envoyer un cartel de défi ,
« ni d'appeller leur ennemi sur le champ de bataille.
« Cette manie de se battre de sang-froid, après que
« le feu de la colère est passé, n'a point encore pu
« leur entrer dans la tête, quoique ce soient des
« Infidèles. Ils ne se portent point à ces excès
« de brutalité , au préjudice des loix divines et
« humaines , et avec danger évident de la vie, le
« plus souvent pour des bagatelles et des choses
« de rien. »

Les soldats du Royaume de Tunquin , au
rapport d'*Alexandre de Rhodes* (Iᴛɪɴᴇʀ.
liv. 2. chap. 6.) sont très-courageux : cependant
ils traitent les duels de barbarie.

Puffendorff , sur la foi d'un autre auteur
(*Busbeq*) nous raconte que le Gouverneur d'une
place de la basse Hongrie pour le Grand-Seigneur,
se trouvant à Constantinople , et étant interrogé
par les Bachas , dans le Divan , sur la grande
inimitié qui régnoit entre un autre Ministre et lui,
leur dit , entr'autres choses ; « que son ennemi
« n'avoit jamais voulu accepter le duel qu'il lui avoit
« souvent proposé ». — « Eh-quoi! » reprirent les
Barbares « vous avez osé défier votre compagnon
« de service? Manquez-vous de Chrétiens contre
« qui vous puissiez combattre? Vous vivez tous
« deux du pain de notre souverain maître , et
« vous auriez hazardé votre vie dans un combat
« singulier? De quel droit ? et qui vous a donné

L

témoigne dans le combat, puisqu'il
ne peut le faire sans commettre
un nombre infini de crimes les
plus noirs! S'il est idolâtre d'une
pareille qualité, il ne manquera
pas de moyens pour l'éxercer,
sans se rendre coupable. Les

« une pareille leçon? Ignoreriez-vous, par
« hazard, qu'un des deux ayant été tué (n'importe
« lequel), ç'auroit été une perte pour votre
« maître? »

« Chez nous » ajoute *Puffendorff* « il en est
« plusieurs qui, sans avoir jamais vu l'ennemi,
« se sont fait un nom pour avoir tiré l'épée
« contre un de leurs concitoyens ». « C'est ainsi,
conclud-il « que les vices prennent la place de
« la vertu. »

Le sieur *de Brantôme*, dans ses MÉMOIRES
SUR LES DUELS, rapporte qu'au fameux duel
qui eut lieu entre son oncle *la Chataigneraie* et
le sieur *de Jarnac*, il se trouva dans la superbe
et nombreuse assemblée des spectateurs, une
grande quantité d'Ambassadeurs; entr'autres,
celui du Grand-Sultan *Soliman*, qui fut bien
émerveillé; qui trouva fort étrange ce combat de
citoyen à citoyen, et qui plus est, d'un favori
du Roi vis-à-vis d'un autre favori. « Les
« Mahométans » dit-il « ne font pas cela; ils
« mettent leur *point-d'honneur* à bien servir leur
« Prince, à épouser et soutenir ses querelles à la
« guerre. »

maladies, les autres accidens funestes de la vie, la publication des vérités utiles, malgré les persécutions qu'elles éprouvent ordinairement; la guerre sur-tout, sont les occasions où il doit se glorifier de sa valeur.

En attendant qu'il s'en présente quelqu'une, qu'il cherche à se rendre estimable par l'acquisition des autres qualités louables: il le pourra aisément; sur-tout, qu'il cesse de mépriser ceux qui refusent de se battre; il n'y a certainement rien de plus injuste: il peut se faire qu'ils soient conduits par un principe de vertu, plutôt-que de crainte; et ce dernier sentiment, fût-il même le seul motif de leur refus, ils ne seroient pas pour cela méprisables.

La crainte n'étant pas un vice, il est sensible qu'on ne doit la blâmer, que lorsqu'elle nous empêche de remplir nos devoirs.

Eh-quoi ! vivons-nous donc

dans un état purement militaire, comme le faisoient nos ancêtres, pour-que chaque citoyen soit tenu de se montrer courageux ? Aujourd'hui la noblesse est - elle uniquement le prix de la valeur et des entreprises militaires, comme elle l'étoit anciennement, pour-que ceux qui en sont décorés soient dans l'obligation de se faire un point-d'honneur de la bravoure ?

Ah ! dépouillons-nous une fois de ce préjugé si commun sur tous les points, qui nous porte à vouloir continuer d'adopter les maximes des anciens, qui ne sont plus applicables à notre situation actuelle !

Réfléchissons que l'agrandissement sensible du commerce ; l'amour des lettres ; l'introduction d'une milice perpétuelle ont changé le système entier de l'Europe ; de-manière-que l'idée d'un État absolument militaire et d'un peuple guerrier, n'est plus à -présent qu'une chimère !

Faisons attention qu'aujourd'hui, outre la milice, l'excellence dans les arts, la science politique, les richesses sont devenues des moyens pour acquérir la noblesse ; et que ce sont même les plus commodes : alors nous reconnoîtrons qu'avoir pour maxime de mépriser un citoyen , sur-tout un noble, qui ne montrera pas de courage , c'est le dernier dégré d'extravagance auquel les hommes puissent parvenir !

CHAPITRE XII.

Si le Duel est un moyen propre à maintenir l'esprit guerrier dans les Troupes , et à fournir de braves défenseurs à l'État.

ASSURÉMENT CE N'EN EST PAS UN : mais l'apparence est contraire à ma prétention ; et dans le vrai , c'est à cette apparence , comme je l'ai dit au commencement, que l'on doit attribuer le silence cruel que les loix, anciennement, gardoient sur cet abus. Les Souverains, ne voyant pas alors leurs troupes animées par l'amour de la patrie, ni éxercées par des guerres continuelles, comme dans la Grèce et à Rome, n'imaginèrent pas de meilleur moyen pour y maintenir l'esprit guerrier en tems de paix, que de le tolérer.

Aujourd'hui, les choses sont bien changées : de tous côtés se sont élevées des loix sévères contre le duel : il sembleroit donc que l'ancienne erreur seroit dissipée ; mais dans combien d'endroits ces loix ne restent-elles pas sans éxécution ? Dans quels pays entend-on dire qu'un officier ait été congédié, pour avoir osé envoyer un défi ? Quoi de plus familier, au contraire, que de voir traiter ainsi celui qui n'aura pas voulu l'accepter ; c'est-à-dire, celui qui n'aura fait qu'obéir à la loi ? Or, qui sait si, à toutes les raisons que l'on pourroit donner d'une telle condescendance, on ne pourroit pas ajouter, que d'ailleurs on la croit utile aux troupes?

Si l'on peut soupçonner une pareille erreur d'éxister encore, ce soupçon doit m'engager seul à la combattre, dans un ouvrage où je me suis proposé de ne laisser aucun asyle aux partisans du duel.

Après ce que j'ai accordé au Duelliste, dans le Chapitre précédent, rien au premier abord, ne semblera plus étrange, que ce que j'entreprends maintenant d'établir; car, s'il est incontestable que le duel soit une preuve de courage, il ne pourra donc, me dira-t-on, qu'exciter et maintenir cette qualité dans les troupes chez lesquelles l'usage s'en perpétue: et alors, comment pourra-t-il leur être pernicieux?

Ce paradoxe apparent s'évanouira bientôt, dès-que l'on observera que ce qui constitue la véritable force d'une armée, n'est pas tant le courage de chaque combattant en particulier, que l'exactitude et l'excellence de la discipline à laquelle ils sont assujettis. Cette vérité est appuyée par des faits, et ces faits sont en nombre infini dans l'histoire.

Aurons-nous recours à l'antiquité ?

Les Romains firent de l'art de la guerre leur unique occupation : attentifs à prendre de toutes les nations, les usages qui leur paroissoient meilleurs que les leurs ; je les vois combattre, à ce moyen, contre chaque peuple, avec les avantages de tous ; enfin, ils se montrent supérieurs au reste des nations, dans la discipline militaire, et ils subjuguent presque tout, quoique ceux qu'ils attaquent, les Latins, les Sabins, les Éques, les Volsques, les Samnites les égalassent en courage, et que quelques-uns, tels que les Gaulois, les surpassassent même sur cet article (1).

Si , de l'histoire ancienne, je passe à celle du moyen âge, je vois ces mêmes Romains devenus la proie et le jouet de toutes les nations , pour avoir entièrement perdu de vue l'ancienne discipline ; puis se relever sous *Bélisaire*, par la seule raison qu'il rétablit cette discipline parmi eux. C'est ainsi qu'ils triomphent des Vandales et des Goths, peuples d'une valeur extrême, mais indisciplinés.

Je vois *Charlemagne* étendre ses conquêtes presque par toute l'Europe , uniquement parce-qu'il eut

---

(1) Une preuve évidente que les Gaulois surpassoient les Romains en courage , c'est que les premiers combattoient presque nuds et désarmés ; tandis-que ceux-ci, de la tête aux pieds, étoient couverts d'armes défensives. Malgré ce désavantage , les Gaulois cependant les ont souvent battus ; et s'ils furent enfin subjugués, leurs vainqueurs eurent besoin , pour cela, de faire les plus grands efforts.

L. 5;

soin de tenir toujours sur pied dés troupes aguerries et bien exercées.

Je vois ces armées des *Croisades*, intrépides, mais sans discipline, battues, pour ainsi dire habituellement, dans ces mêmes pays où *Aléxandre* remporta toujours la victoire avec des troupes moins nombreuses et contre des ennemis incomparablement plus puissans, que ne l'étoient alors les Arabes et les Turcs !

Viens-je enfin à l'histoire moderne ? j'y trouve confirmée la vérité de ma proposition.

Ici, par la supériorité que ces petites armées, formées et conduites par la main de *Henri IV*, eurent constamment sur de nombreuses armées de Rebelles ligués contre lui, quoique ceux-ci fussent animés d'une valeur plus qu'humaine; comme l'est celle qu'inspire le fanatisme.

Là, par les continuelles victoires que remporte le *Suédois* aguerri, sur le brave *Moscovite*, tant-qu'il fut indiscipliné.

Elle l'est, enfin, par la grande facilité avec laquelle nos Troupes Européennes triomphent des armées du Turc, peuple fort brave, mais presque sans discipline.

Ce n'est pas le courage seulement qui devient infructueux là où manque la discipline : toutes les autres qualités les plus desirables d'ailleurs; la force, par exemple, le nombre, et une position avantageuse ne servent à rien non-plus. « Le Capitaine lui-même » disoit *Platon* « devient inutile, « quel qu'habile qu'il soit, si son « armée n'est pas *bien disciplinée*. »

Or, s'il est incontestable que ce qui constitue la véritable force d'une armée, n'est pas tant une bravoure aveugle, que l'excellence de la discipline ; si l'histoire nous prouve à chaque page, que les nations qui s'en sont le plus occupées, et qui l'ont portée à

L 6.

un plus haut dégré de perfection, ont obtenu par-là un ascendant remarquable sur celles qui l'ont négligée : rien de plus facile à établir que le préjudice que le duel apporte, ainsi que je l'ai avancé, aux troupes dans lesquelles il prend racine.

Cette discipline, si importante, si nécessaire, et qui est, comme nous l'avons vu, la principale cause des victoires, n'a pas de plus ferme appui que la subordination : on peut même dire, que c'est en cela seul qu'elle consiste (1).

––––––––––––––––––––––

(1) Tous les peuples et tous les Généraux les plus attentifs à établir la discipline, connurent cette vérité : aussi, n'y eut-il rien dont ils se montrassent plus jaloux, que de maintenir la subordination.

Les Romains, avant d'entrer en guerre avec les Latins, peuples extrêmement aguerris et belliqueux, veulent-ils ramener la discipline militaire ? le Consul *Manlius-Torquatus* fait mourir son fils, parce-qu'il avoit combattu sans en avoir reçu l'ordre, quoiqu'il eût gagné la victoire : à ce moyen, il augmente dans son armée, la force du commandement.

En effet, sans la subordination, que seroit jamais une armée ? si-non une assemblée de gens incapables de s'unir dans leurs mouvemens, et sans autre ressource que celle d'une bravoure aveugle !

Enfin, laisseroit-on les troupes sans discipline pendant la paix ? elles ruineroient les travaux du cultivateur ; s'empareroient des fruits de la pénible industrie du commerçant ; sèmeroient les crimes et les délits dans les paisibles

---

Ces mêmes Romains, pour rendre la subordination plus sacrée, plus inviolable, la lièrent à la Religion : tout le monde sait qu'ils faisoient prêter serment aux soldats, de suivre aveuglément les ordres de leur Général.

C'est encore par ce motif, que le *Czar Pierre* s'enrôla lui-même dans les nouvelles troupes qu'il forma, et qu'il ne dédaigna pas d'y remplir les fonctions les plus abjectes.

« Par un exemple si rare de la part d'un « Souverain » dit, sous le règne de ce Prince, l'auteur de l'*Histoire de l'Empire Russe*; « le *Czar* « voulut accoutumer à l'obéissance la Noblesse « Russe, jusqu'alors indisciplinable et incapable « d'être commandée ; par-conséquent de vaincre. »

familles ; troubleroient, pour tout
dire, les nations pour la défense
desquelles elles sont entretenues !

Mais rien n'est plus contraire
à la subordination, que le duel,
puisque son esprit est un esprit
d'indépendance ! Montrez-moi une
armée où règne cet abus, avec
les ridicules maximes du point-
d'honneur qui en sont la source ;
vous y verrez aussi régner partout
l'indépendance. Les officiers dé-
daigneront d'exécuter les ordres
les plus importans de leur Général,
pour aller terminer clandestinement
leurs *disputes d'honneur ;* car nous
avons remarqué que la première de
leurs maximes est qu'*aucune loi,*
ni de la patrie, ni du prince, ne
doit être préférée à l'honneur.

Si, dans leur nombre, quelqu'un
est assez vertueux pour mépriser
le préjugé commun, et qu'il refuse
un défi, ou ne le propose pas
lorsque le *prétendu point-d'honneur*
l'exige ; tous les autres prenant

sa conduite pour une bassesse, refuseront de servir avec lui : enfin le Général lui-même sera forcé de se battre contre celui qui lui est subordonné ; et l'armée se trouvera exposée au funeste inconvénient de rester sans chef : vu-que de ces mêmes maximes du point-d'honneur, il résulte, comme le fait voir l'illustre Marquis *Maffei*, *qu'un noble contracte vis-à-vis d'un roturier, au moment où il l'offense, et que le supérieur, en offensant son inférieur, le rend habile et le fait son égal* : de-sorte-qu'il est impossible alors de refuser le duel.

L'histoire des tems où cet abus régnoit généralement, nous fournit plusieurs exemples de ces horribles inconvéniens ; et réellement, c'est à ces conséquences mêmes qu'on doit attribuer l'extrême rigueur avec laquelle tous les Généraux qui se firent un nom, se sont attachés à le bannir des troupes,

Le duel est donc incompatible avec la discipline, puisqu'il l'est avec la subordination qui en est le fondement & , pour ainsi dire, l'ame! J'ai donc clairement exposé le préjudice qu'un pareil abus doit nécessairement causer à une armée où il auroit lieu, quoique ce soit une preuve de courage , et consé-quemment un moyen de l'inspirer.

Mais! que dira-t-on, si je fais voir qu'en abolissant tout-à-fait le duel dans les troupes , et en y introduisant par conséquent la discipline, non-seulement le cou-rage n'y diminue pas , mais même qu'il y augmente? C'est pourtant une chose infaillible!

Si rien n'est plus propre à exciter le courage d'une personne, que le sentiment de ses propres forces , de sa propre supériorité; si l'on peut même croire, avec un cé-lèbre écrivain , que *le courage ne consiste , à vrai dire , que dans ce sentiment même ;* celui d'una armée bien disciplinée doit être incomparablement au - dessus de celui d'une autre armée qui n'aura pas de discipline, ou qui n'en aura qu'une mauvaise : car la première doit avoir ce sentiment de sa propre force, de sa propre supériorité, qui doit manquer absolument à la seconde.

L'histoire confirme admirablement bien ce que je viens de dire, en nous montrant que, dans les armées des Barbares, le plus petit désordre produit un découragement qui leur fait prendre la fuite, et rend l'ennemi tout-à-fait maître d'eux; au-lieu qu'il arrive rarement que, dans les troupes aguerries, un premier désordre entraîne après lui la déroute de tout le corps.

Les nombreuses et épouvantables armées des Perses furent toujours dissipées dès le premier choc, par les Grecs, dont les troupes étoient peu nombreuses, mais bien aguerries.

L'armée innombrable de *Ti-granes*, fut tout-à-fait vaincue et rompue, aux seules approches de l'armée de *Lucullus*, quoique celle-ci fût à peine la vingtième partie de l'autre : de-sorte-que les Romains n'eurent que la peine de tuer cette multitude infinie de Barbares qui fuyoient, où plutôt, qui vouloient fuir devant eux.

Le même évènement ne s'est-il pas renouvellé de nos jours, lors de la fameuse *bataille de Narva* ? Bataille où, comme tout le monde le sait, quatre-vingt mille Moscovites furent entièrement dispersés et subjugués, au premier choc d'un petit nombre de Suédois conduits par *Charles XII*, et soutenus par sa présence.

C'est donc une grande erreur en politique, de croire que le duel puisse être profitable aux troupes ! C'est une de ces fausses idées d'utilité, dont se laissent abuser tous les jours quelques politiques trop.

timides, et par une suite desquelles ils permettent mille abus anciens, mille anciennes extravagances, qui, loin d'être de quelqu'avantage, sont évidemment préjudiciables.

Voulez-vous rendre vos troupes fortes et invincibles ; quoiqu'elles ne soient plus animées de l'amour de la patrie, ou exercées par des guerres continuelles , comme elles l'étoient dans la Grèce et à Rome ? *perfectionnez la discipline militaire.* Je ne dirai rien sur cet article ; il est tout-à-fait étranger à mon sujet : j'ajouterai qu'il est même tout-à-fait au-dessus de mes forces. Je ne pourrois donc absolûment entreprendre un traité sur cette matière , sans m'exposer aux railleries que s'attira le philosophe *Phormion* , de la part d'*Annibal* , lorsqu'il eut l'imprudence de faire devant lui, des dissertations militaires.

CHAPITRE XIII.

Funestes conséquences du Duel.

S'IL EST VRAI que les hommes soient plus sensibles à la voix de leur intérêt, qu'à celle du devoir ; il ne sera pas inutile de nous arrêter quelques instans à décrire les funestes conséquences du duel. Un exposé succint, mais exact, de tant de malheurs, fera peut-être une impression plus vive, sur l'esprit de la multitude, que tout ce que nous avons dit jusqu'à-présent sur l'énormité de cet abus.

Premièrement, le Duelliste ne se retire pas toujours sain et sauf de devant son adversaire, ou seulement avec quelques blessures légères : souvent il périt dans le combat, et alors je ne demande point s'il mourra tranquille ; car

il paroît qu'on peut lui appliquer
ce vers de *Virgile*, qui nous re-
présente *Turnus* expirant d'un coup
d'épée qu'il a reçu d'*Énée*.......

*Vitaque, cum gemitu, fugit indignata sub
umbras* (1).

Son ombre, en gémissant, s'envole au noir séjour.

............, Je demande quelle
sera la désolation de sa famille,
après sa mort, sur-tout si le soutien de cette même famille dépendoit uniquement de l'emploi
qu'il occupoit ? Je demande quel
sera le chagrin de tant de créanciers, en se voyant privés de ce qui
faisoit peut-être tout leur bien ?

Mais, admettons qu'il sorte
victorieux du combat : alors il
sera arrêté, où il réussira à se
soustraire aux recherches de la loi.

Dans le premier cas, peut-être
finira-t-il ignominieusement sa

_____

(1) *Æneid. lib.* II, Vers 952.

vie sur un échafaud ; et sa mort causera à sa famille un chagrin dévorant : peut-être laissera-t-il une veuve abandonnée ; des enfans misérables ; des créanciers qui jamais n'obtiendront ce qui leur est dû.

Dans le second cas , il mènera une vie errante et vagabonde : dès-que le feu de la passion sera éteint, sa conscience le tourmentera horriblement ; l'ombre sanglante de celui qu'il aura tué, sera toujours devant ses yeux : tout , jusqu'à la vie , sera pour lui un sujet de déplaisir et d'ennui (1).

_____

(1) L'auteur de la *Nouvelle Héloïse* , dépeint ces remords avec sa chaleur ordinaire.

« Vous savez » dit-elle à son ami « comment, « dans sa jeunesse, mon père eut le malheur de « tuer un homme en duel : c'étoit son ami. Ils se « battirent malgré eux : l'insensé point-d'honneur « les y porta. Ce coup fatal , qui priva l'un des « deux de la vie , ôta le repos à l'autre pour « toujours. Depuis ce moment , un remords « cruel n'a jamais pu sortir de son cœur ; souvent, « dans le silence de la nuit, on l'entend crier et « pleurer ; il croit sentir encore le fer poussé par « sa main barbare, entrer dans le cœur de son

Ajoutons à cela l'obligation stricte où il se trouve de réparer la perte, qu'en donnant la mort à son adversaire, ou même en le blessant gravement, il a occasionnée à sa femme, à ses enfans, et généralement à tous ceux qui étoient intéressés à ce qu'il vécût : obligation qui peut être quelquefois, d'une importance considérable.

Supposons, par exemple, que les enfans d'un homme qui a été tué en duel, se trouvent privés par sa mort, non-seulement de la subsistance qu'il leur devoit, mais aussi d'un avancement qu'il

_____

«ami. Dans l'ombre de la nuit, il voit son «corps pâle et sans vie ; il en contemple, en «frémissant, la plaie mortelle : il voudroit «arrêter le sang qui coule, mais l'épouvante «le saisit ;... il reste immobile!... Il s'écrie, «ce cadavre effrayant ne cesse de le poursuivre. «Depuis cinq ans qu'il a perdu l'unique soutien «de son nom, il s'en reproche la mort, comme «un juste châtiment du Ciel, qui a vengé, sur «son fils unique, le père qu'il a privé du sien. »

étoit en état de leur procurer: dans ce cas, l'auteur de sa mort n'est pas seulement obligé de pourvoir à leur subsistance d'une manière convenable à l'état dont ils jouissoient alors; il doit en-outre les indemniser des avantages qu'ils perdent pour l'avenir, à proportion de la probabilité qu'ils avoient de les obtenir.

Tels sont les funestes inconvéniens qui suivent immédiatement cet abus : qu'on les compare maintenant avec ce babil passager et ce mépris mal fondé, qui ne peuvent venir que de gens qui ne réfléchissent pas, les seules choses auxquelles le Duelliste sacrifie sa vie ; et que l'on voie lequel de ces objets mérite d'être préféré.

CHAPITRE

CHAPITRE XIV.

Erreur de Puffendorff, sur la réparation d'une partie des dommages produits par le Duel.

J'AI DIT, dans le Chapitre précédent, que celui qui a le malheur de tuer un homme en duel, est tenu de réparer le dommage que ce meurtre a occasionné aux parens du mort, et généralement à tous ceux qui étoient intéressés à sa conservation : cette proposition incontestable, est une conséquence immédiate des maximes du droit naturel sur la restitution ; cependant, comme elle a trouvé, malgré son évidence, des adversaires, parmi lesquels on voit jusqu'à *Puffendorff*, il est nécessaire d'employer quelques instans à la prouver.

M

Les opinions erronées des grands hommes, ne sont que trop facilement adoptées, par tous ceux qui ne sont point dans l'habitude de voir et d'éxaminer les choses par eux-mêmes : on doit donc les réfuter sérieusement.

Cet auteur, si renommé, nous dit d'abord (1) que « dans les « traités de paix, par lesquels on « termine une guerre publique et « réglée, on suppose la balance « égale entre les deux partis; « pourquoi l'on s'en tient réci- « proquement aux pertes que l'on « a souffertes, comme y ayant été « autorisé par une convention ta- « cite ». Puis il ajoute; « il y a « une semblable convention entre « ceux qui se battent en duel, pour « terminer quelque différend; et, « par cette raison, celui qui a tué « son antagoniste, n'est point tenu,

_____

(1) *De Jur. Natur. et Gent.* lib. 5. cap. 2. §. 3.

« entr'autres choses, d'indemniser
« la femme et les enfans du mort,
« de la perte qu'ils ont faite ;
« puisque l'un et l'autre se sont
« rendus, de propos délibéré, au
« lieu où il s'agissoit de tuer, ou
« d'être tué. »

Puffendorff ne s'est donc déterminé pour cette opinion , que
d'après un parallèle entre les conventions qui terminent une guerre
publique, et celles qui ont lieu entre
des particuliers, qui se battent en
duel pour mettre fin à leur contestation. Or ce parallèle ne peut se
soutenir en aucune manière.

Les Souverains sont autorisés
à faire la guerre pour la conservation de leurs droits : deux Princes donc, lorsqu'ils ne trouvent
plus aucun moyen de s'accommoder
à l'amiable, et après avoir examiné
sérieusement la justice de leur
cause, s'ils ont recours à la force,
pour la soutenir, ils ne font qu'u-
ser d'un droit légitime ; consé-

quemment, ils doivent se tenir quit-
tes du mal que, réciproquement,
ils se sont fait, pendant la guerre.
Les particuliers, au-contraire,
ne sont jamais autorisés à recourir
au duel, pour faire cesser leurs
difficultés : leurs conventions, sur
ce point, sont donc nulles, et ne
peuvent produire aucun effet!

En-outre, si les Souverains, au
moyen d'un traité de paix, gardent
le silence sur le mal qu'ils se sont
fait, durant la guerre; ils ne font que
renoncer à une chose dont ils ont
l'entière disposition; au-lieu qu'un
père de famille qui se laisse aller au
duel, n'est point le maître de renoncer à des droits directement acquis
à sa femme, à ses enfans, à ses
créanciers.

Cette vérité a été très-bien sentie
par le docte *Barbeyrac* : il blâme la
décision de son auteur, et marchant
sur les pas d'un autre écrivain, il
fait les réfléxions suivantes.

« Celui qui se bat en duel, ne

« peut éxiger de l'autre champion,
« ni les frais dûs au Chirurgien,
« ni une indemnité de ce qu'il
« perd, pour n'avoir pu travailler
« pendant les pansemens, ni d'au-
« tres choses semblables, dont il a
« l'entière disposition; mais il n'é-
« toit pas maître de sa propre vie, et
« beaucoup moins encore pouvoit-
« il se libérer de l'obligation où il
« étoit de nourrir sa femme et ses
« enfans. Ainsi sa prétendue renon-
« ciation est nulle, et les personnes
« qu'il devoit entretenir, conser-
« vent le droit de se faire indem-
« niser par l'auteur de sa mort. »

Il semble que l'opinion de *Puf-fendorff* pourroit se soutenir, re-lativement à celui qui a reçu l'appel; plusieurs auteurs, en effet, sont de cet avis.

C'est, selon eux, sur l'appellant seul que tombe l'obligation de resti-tuer: mais il est incontestable qu'il n'y a ici aucune exception en faveur de celui qui a été provoqué; car

on ne pourroit la fonder que sur
le droit d'une légitime défense. Or
(de l'aveu même de *Puffendorff*)
il est démontré , comme nous
l'avons vu plus haut, qu'un homme
qui , après avoir été appellé en
duel , se rend au lieu convenu ,
ne peut plus s'excuser sur l'obligation d'une défense nécessaire ,
lorsqu'il s'est vu réduit à tuer son
antagoniste , ou à être tué par lui ;
puisque les loix lui défendoient de
s'exposer à un danger de cette
espèce. Le sentiment de *Puffendorff* est donc faux , sous tous les
aspects possibles !

   Cet écrivain célèbre, en traitant
ailleurs de la manière dont on
doit réparer le dommage que l'on
a causé , généralement parlant ,
assure que « celui qui en a tué un
« autre injustement , est tenu de
« payer ce qui se trouve dû au
« médecin, si cela a occasionné des
« dépenses de cette nature , et en-
« même-tems à indemniser ceux que

« le mort étoit obligé de nourrir en
«vertu d'une obligation parfaite,
«comme père, mère, femme,
«enfans». L'erreur dans laquelle
il est tombé à propos de l'indemnité, relativement aux domm-
mages dont il s'agit dans le Chapitre présent, est donc d'autant
plus palpable, qu'on peut combattre cet auteur d'après ses propres maximes.

Du-reste, le droit qu'ont les
personnes dont j'ai parlé, d'être
indemnisées, est d'autant-plus
précis, que l'obligation de le faire
ne regarde pas seulement ceux qui
se battent; mais qu'à leur défaut,
elle s'étend même à ceux qui,
par leurs suggestions, ont eu
quelque part au duel, ou qui ont
eu quelqu'influence dans l'affaire.

Je dis quelqu'influence; parce-
que, si cela ne se vérifioit point,
alors ne prenant part à l'action
que comme des agens absolument
superflus, il est bien vrai qu'ils se-

roient peccables, vu leurs coupables
intentions ; mais ils ne seroient aucunement responsables des dommages qu'elle auroit occasionnés.

Il pourroit arriver, au-contraire,
que ces agens se trouvassent seuls
obligés à la réparation du dommage, et que celui qui se seroit
battu n'y devînt sujet qu'à leur
défaut. Cela semblera étrange au
premier coup-d'œil ; c'est pourtant
une conséquence immédiate d'un
des plus incontestables principes
du droit naturel.

N'est-ce pas, en effet, une
maxime constante, que, lorsque
plusieurs personnes ont concouru
à une même action qui a causé
quelque dommage, celui qui en a
été le principal auteur est obligé,
le premier, de le réparer? Mais,
si quelqu'un a conseillé de se battre
à une personne qui, sans ce conseil, n'eût jamais songé à tirer
l'épée ; n'est-il pas la cause principale d'un tel délit?

Hommes injustes et téméraires! qui, par des discours libres et indiscrets, tenus dans des conversations où vous avez entendu parler de quelque petite dispute, survenue entre deux personnes, les obligeâtes à soutenir, à la pointe de l'épée, une affaire qu'autrement ils eussent peut-être oubliée; tremblez, après cette réfléxion!

CHAPITRE XV.

Récapitulation. Dernière ressource des partisans du Duel. Moyens d'extirper cet abus.

J'AI CONSIDÉRÉ LE DUEL sous tous ses points-de-vue, comme je me l'étois proposé; j'ai prouvé qu'il étoit inconnu aux nations les plus polies, les plus braves de l'antiquité, et qu'il ne s'est introduit dans l'Europe, qu'avec la domi-

M. 5.

nation des peuples barbares et
féroces, dont l'apparition défigura
totalement les premières constitutions, et j'en ai conclu que le
duel est un reste malheureux de
l'ignorance des premiers tems et
de l'ancienne barbarie.

Del je suis passé au développement de l'énormité de cet abus,
dans toutes ses parties; j'ai fait
voir qu'il détruit les devoirs de
l'homme considéré premièrement
comme *homme* , puis comme
Chrétien ; enfin, comme *citoyen* ;
et, vu-qu'il s'est trouvé des Docteurs qui, à force de vains subterfuges , ont cherché à faire voir
que le duel ne contenoit point la
violation de nos principales obligations ; j'ai combattu tous leurs
moyens; j'ai fixé l'idée du *véritable
honneur* , et conclu que rien n'est
moins fondé, que celui sur lequel le
monde établit la nécessité du duel.

Pour rendre toujours plus odieux
cet honneur imaginaire et trom-

peur, j'ai découvert, avec le plus grand détail, la fausseté et le ridicule de toutes les maximes sur lesquelles il porte.

J'ai accordé au Duelliste qu'il est un homme vraiment courageux ; mais je lui ai fait voir au même instant, qu'il n'a pas plus de raison de se glorifier de son courage, que n'en ont les danseurs de corde, l'athlète et le voleur de grand chemin, puisqu'il ne lui est pas plus permis qu'à tous ces scélérats, d'en faire preuve, sans se souiller des crimes les plus affreux.

J'ai démontré que, loin de servir à maintenir l'humeur guerrière dans les troupes, un pareil abus ne fait, au-contraire, que l'en bannir, et j'ai fini par présenter au Duelliste un état abrégé, mais effrayant, des divers malheurs auxquels il s'expose.

La conclusion de tout ce que nous avons dit, est qu'on ne peut absolument recourir au duel, sans renoncer tout-à-fait à la nature,

M 6

à la raison, à la Religion, aux loix; c'est-à-dire, à ce qu'il y a de plus sacré, de plus intéressant en-même-tems pour l'homme et pour la société.

Le Duelliste est un *homme méchant*, un *mauvais Chrétien*, un *mauvais citoyen*; ajoutons, un *mauvais logicien*, un *raisonneur inconséquent* : détestons, donc, une fois pour toutes, une coutume extravagante et barbare, qui n'a aucun fondement; et, aux différens mérites que réunit notre siècle philosophique, joignons celui de voir enfin déraciné ce qui nous étoit resté de plus odieux et de plus funeste de l'ancienne barbarie. La gloire qui accompagnera une époque si heureuse pour l'humanité et pour la raison, dissipera dans l'esprit de nos descendans impartiaux, le déshonneur dont nous nous étions couverts jusqu'à-présent, en adoptant un abus de cette nature.

Mais! répondront ses partisans, comment heurter de front un préjugé si généralement reçu, sans nous couvrir d'une honte qui remplira d'amertume le reste de nos jours? Cet honneur du monde, diront-ils, cet honneur si faux, si chimérique est, pour nous, un bien nécessaire; car, sans lui, nous ne pourrions vivre dans la compagnie de nos semblables, ni exercer une profession qui souvent est notre unique ressource. Lorsqu'un brutal veut nous ravir cette chimère si accréditée, et dont nous avons tant besoin, pourquoi ne pourrons-nous pas la défendre, comme on défend ses biens et sa vie, contre un agresseur injuste?

C'est là, pour ainsi dire, le dernier retranchement du Duelliste; mais il n'est pas aussi sacré, aussi impénétrable, qu'il se l'imagine. Hélas! quand il tient un pareil discours, il ne connoît guère le prix de cette beauté immortelle , qui réside dans la vertu.

« Quand il seroit vrai » dit le célèbre auteur de la *Nouvelle Héloïse* « qu'on ne peut refuser un « duel , sans se mépriser ; quel « mépris est le plus à craindre , « de celui des autres en agissant « bien , ou du sien propre en agis- « sant mal ? Celui qui vraiment « s'estime lui-même , est peu sen- « sible au mépris d'autrui, quand il « est injuste, et ne craint que d'en « être digne; vu-que ce qui est bon « et honnête ne dépend point du « jugement des hommes , mais de « la nature des choses. »

L'homme sage ne néglige point ce que les autres pensent de lui : pour le faire, il ne suffiroit pas d'avoir un grand fond d'arro-gance ; il faudroit être aussi tout-à-fait sans pudeur. Il n'omet donc rien pour se procurer l'estime de ses semblables : mais , si malgré tous ses soins, il ne peut l'obtenir;

s'il ne peut imposer silence à la ca-
lomnie, ni détruire les préventions
injustes que d'autres ont sur lui;
alors le témoignage favorable de
sa propre conscience le console.

L'univers entier fût-il injuste
envers l'homme de bien, cela ne
l'empêche pas d'être fidèle à ses
devoirs, et à la vertu.

Aussi *Fabius*, qui étoit vraiment
passionné pour elle, le sage,
le vertueux *Fabius* souffrit-il que
Rome parlât avec mépris de sa
lenteur, plutôt-que de trahir son
devoir et de perdre la République
en changeant de conduite. Le témoignage favorable de sa propre
conscience le consola, et la postérité (qui juge plus équitablement
le mérite et les actions, que ne le
font les contemporains) a mis le
nom de *Fabius* bien au-dessus de
celui de *Cicéron*, qui sauva aussi
la République, mais uniquement
pour s'en vanter; et l'a placé bien
plus haut encore, que celui du vain

et foible *Pompée* , qui aima mieux hazarder le sort de Rome et de l'univers, que d'endurer une plaisantérie !

Mais , puisque le Duelliste n'a point un esprit de la trempe de celui de *Fabius* , prêtons-nous à sa foiblesse ! Il ne veut point renoncer à se battre , parce-qu'il ne le peut faire sans encourir le blâme des ignorans et du vulgaire? apprenons-lui donc qu'il est un moyen sûr d'empêcher que cela n'ait lieu ! que dans toute sa conduite, il ne perde jamais de vue la vertu, ni son devoir.

En effet , si le contraire se vérifie ordinairement ; si ceux qui refusent de se battre se couvrent de déshonneur, et deviennent l'objet de la dérision publique ; la principale cause en est , comme le remarque l'auteur que je viens de citer, qu'ils ne sont point constans dans la pratique de la vertu.

« Si un gentilhomme » dit-il « en

« n'acceptant point un défi, donne
« pour motif de son refus, son
« respect envers la Religion et les
« Loix, et qu'on ne remarque point
« la même délicatesse dans le reste
« de sa conduite ; il est clair que
« son refus n'a pas la vertu pour
« cause, mais sa lâcheté : et chacun
« alors se moque, avec raison,
« d'un scrupule qui ne lui vient
« que dans le danger. »

Je le répète donc : que, dans
sa conduite entière, un homme
n'abandonne point son devoir et la
vertu ; il pourra refuser alors un
défi, sans craindre la langue des
ignorans et du vulgaire (1).

_____

(1) L'histoire nous fournit un grand nombre
de cas dans lesquels cela s'est vérifié.

M. *Turretin* (DISPUT. PRO VERIT. RELIG.
CHRIST. *Part.* 3.) nous raconte, entr'autres,
que le célèbre Marquis de *Ruvigni*, depuis
Comte de *Gallowai*, ayant été appellé en duel
par un autre gentilhomme, et lui ayant répondu
qu'il conservoit sa vie et son épée pour une
meilleure occasion ; cette réponse ne lui fit
nullement perdre de sa réputation.

« L'honnête homme » poursuit le même écrivain « dont la vie « est absolument sans tache, « et qui n'a donné jamais aucune « marque de lâcheté, refusera de « souiller sa main par un homicide, « et n'en sera que plus homme « d'honneur. Toujours prêt à servir « la patrie, à protéger les foibles, « à remplir les devoirs les plus « périlleux, et à défendre, au « prix de son sang, ce qui lui « est le plus cher, (dans tous les « cas où cela sera juste et honnête) « il met dans ses démarches cette « admirable fermeté qui ne peut « éxister sans le véritable courage. « Appuyé sur sa propre conscience, « il marche la tête haute, et ne « fuit ni ne cherche l'ennemi. On « voit aisément qu'il craint moins « de mourir que de mal faire; « qu'il redoute le crime, et non « le danger. Si les vils préjugés « s'élèvent un moment contre lui, « tous les jours de son honorable

« vie sont autant de témoins qui les
« réfutent ; et, dans une conduite
« aussi sagement ordonnée, on juge
« d'une action, par toutes celles
« qui l'ont précédée. »

Je finis en m'adressant *aux
Souverains*, et les exhorte à
faire tous leurs efforts pour déraciner cet abus.

Qu'ils soient *infléxibles dans
l'éxécution* des loix par eux données
contre lui; sur-tout qu'*ils ne fassent
aucune grace* à celui qui est l'auteur de l'appel; et, comme *il vaut
mieux prévenir les délits, que de
les punir;* qu'ils cherchent à pacifier
tous les différends que font naître
les *querelles d'honneur* entre les
gentilshommes, en accordant *une
prompte satisfaction* à l'offensé.

C'est effectivement là le meilleur
de tous les moyens pour prévenir
les duels ; et c'est ce qu'ont dit
tous les plus célèbres auteurs
qui ont traité des remèdes propres
à le faire disparoître.

« Quand on veut prohiber les
« duels » dit *Puffendorff* (1) « on
« doit établir, dans le même mo-
« ment, des peines assez rigoureuses
« contre ceux qui donneront un
« soufflet, ou qui feront un outrage,
« soit d'action, soit de parole. »

Bayle, en parlant de la mollesse
des juges, contre les médisances
qui offensent la réputation, dit
à-peu-près la même chose : « Tra-
« duisez en jugement » dit-il (2) « un
« hardi calomniateur et un fan-
« faron indiscret : ils ne seront
« point absous au moyen d'une ré-
« tractation qui n'empêche pas que
« les soupçons et les coups de
« langue continuent ». « Voilà »
poursuit-il « ce qui porte les Duel-
« listes à se rendre justice à eux-
« mêmes. »

« Si le Souverain « dit un autre

---

(1) Liv. 2. chap. 5. §. 12.
(2) *Diction.* tom. 4. p. 66.

auteur (3) « ne veut pas qu'un
« particulier tire l'épée contre ce-
« lui qui lui a fait une insulte, il
« doit nécessairement faire en-sorte-
« que la patience et l'obéissance du
« citoyen insulté ne lui portent
« point préjudice. »

Que *les SOUVERAINS* s'étu-
dient donc à *terminer promptement*
tous les différends qui intéressent
le *point - d'honneur ;* mais qu'ils
ne créent pas de juges exprès
pour un pareil objet. L'auteur
qui a écrit le plus profondément
sur cette matière , et à qui j'ai
rendu , au commencement de cet
ouvrage , la justice qu'il mérite,
blâme cette coutume suivie dans
certains lieux , et en donne les
raisons les plus convaincantes.

« Je ne veux point éxami-
« ner » dit-il (4) « quel doit être,
« dans un État, la compétence des

---

(3) WATEL, *Droit des Gens.*
(4) GERDIL, *des Combats singul.* chap. 19.

« divers Tribunaux ; mais je ne
« peux m'empêcher d'observer
« qu'une distinction entre les en-
« treprises *réputées intéresser le*
« *point-d'honneur*, et les autres
« délits et voies de fait, est peu
« propre en elle-même à réprimer
« l'abus des duels, quoiqu'elle ait
« pu paroître convenable pour le
« tems où l'on jugea à propos de
« l'établir. En effet, distinguer les
« délits et voies de fait qui doivent
« suivre le cours ordinaire de la
« justice, des entreprises qui sont
« réputées intéresser le point-
« d'honneur, n'est-ce pas recon-
« noître formellement que, réel-
« lement, le point-d'honneur fait
« *une loi à part*, indépendante des
« autres loix de l'État ; et que,
« pour les attentats *qui l'offensent*
« *directement*, il éxige un genre
« de réparation particulier? N'est-
« ce pas nourrir dans l'esprit des
« peuples, ce préjugé fatal ; que
« *les querelles qui concernent le*

« *point - d'honneur* , *doivent être*
« *réglées d'une toute autre façon*
« *que celles qui appartiennent à la*
« *justice* ? Et tant-que règnera un
« tel préjugé , peut - on espérer
« d'arrêter le cours des duels , aux-
« quels le point-d'honneur fait , dans
« tant d'occasions , un devoir in-
« dispensable de recourir ? »

« Ce n'est pas » conclud-il « en
« coupant *de minces rameaux* ,
« qu'on empêche un tronc d'en
« produire de nouveaux ; *il faut*
« *couper l'arbre à la racine.* »

Ce fatal préjugé , qui met du
déshonneur à recourir aux Magistrats ordinaires , dans les contestations qui intéressent le point-
d'honneur , est sur-tout ce qui mérite l'*attention des SOUVERAINS*:
ils doivent travailler à l'extirper.
Heureusement ils le peuvent ; il
leur suffira de le vouloir.

Dès-qu'un gentilhomme , après
avoir reçu un outrage , s'adressera
au juge , il sera bien accueilli du

Souverain ; dès-que *le SOUVERAIN* annoncera son mépris pour ceux qui oseroient plaisanter sur une pareille conduite , le préjugé se dissipera entièrement à la Cour. La Ville , toujours docile à suivre son exemple, abandonnant bientôt son erreur , la même chose arrivera avec la même promptitude , dans les provinces accoutumées à se modeler en tout sur la capitale : le préjugé s'évanouissant ainsi dans un État , avec une célérité incroyable ; l'abus du duel disparoîtra avec lui.

Pour en produire plus efficacement l'extinction, *les SOUVERAINS* pourroient abolir *la barbare et inutile coutume* d'être toujours armés au sein de la paix (1). Les anciens , selon la remarque du Marquis *Beccaria* , doivent peut-être à l'ignorance de cette pra-

---

(1) Tous les peuples qui vont armés pendant la paix, sont barbares, dit *Thucydide*.

tique ,

tique, l'ignorance du duel (2). S'ils ne le connoissoient pas, il est vrai aussi que la méfiance ne les conduisoit point armés aux spectacles, aux temples, et parmi leurs amis.

En effet, depuis que l'épée a cessé d'être uniquement destinée aux gens de troupes, le nombre des *Duellistes*, ainsi que l'observe un auteur que j'ai cité plusieurs fois (3), s'est augmenté sensiblement. « Tant de jeunes gens »

---

(2) « Le besoin des suffrages d'autrui » dit cet écrivain « fit naître les duels particuliers, qui « prirent leur origine dans l'anarchie des loix. On « prétend que l'antiquité ne les connut pas; peut-être « fût-ce parce-que les anciens, que la défiance ne « tourmentoit point, ne s'assembloient pas armés « dans les temples, au théâtre, ni avec leurs amis ; « peut-être aussi parce-que le duel étoit un « spectacle ordinaire que donnoient au peuple les « gladiateurs esclaves et avilis, &c. »

« Par quelle raison » demande-t-il un peu plus loin « le menu peuple ne fait-il pas ordinairement « usage du duel, comme les grands ? Ce n'est pas « seulement parce-qu'il est sans ames, &c. »
Voyez le *Traité des Délits et des Peines*, 6me. édit. §. 10. p. 49.

(3) *Basnage*, DE LA CHEVALERIE ET DU DUEL.

N

dit-il « que leur profession n'en-
« gage point à porter l'épée, et qui
« cependant la portent, s'imaginent
« que non-seulement elle ne doit
« pas être inutilement suspendue
« à leur côté, ni leur servir d'un
« vain ornement ; mais qu'il ne
« leur est même permis, en au-
« cune manière, de la porter, sans
« être prêts de la mettre à la main
« toutes les fois qu'on leur fait *la*
« *plus petite insulte.* »

Si les Princes croyoient que
l'abolition d'une pratique si universelle, et qui, depuis si long-
tems, est *en possession d'être regardée*, comme la marque distinc-
tive des *Personnes de qualité*, pût
rencontrer des obstacles sans
nombre (ce qui pourroit arriver,
tant les hommes sont attachés aux
usages anciens, bons ou mauvais);
qu'ils la laissent susbsiter ; mais
du-moins, en y ajoutant cette
modification ; qu'ils fassent jurer
les Gentilshommes de ne jamais

envoyer aucun défi à qui que ce
soit, et de n'en recevoir aucuns,
lorsqu'ils seront parvenus à un
certain âge. Ils pourroient y as-
sujettir aussi les Officiers, au moment de leur réception dans le
service.

Hobbes, le Philosophe, donne
cet avis, au milieu des éloges qu'il
fait du duel; et *Puffendorff* l'en
a beaucoup loué. C'est effectivement le moyen le plus facile et le
plus utile que jamais on ait proposé
contre le duel. L'horreur du parjure
étant si profondément gravée dans
l'esprit des hommes, personne alors
ne pourroit manquer à sa parole
et fausser son serment en se battant en duel, sans encourir une
infamie plus grande que celle qu'il
auroit prétendu éviter en se battant.

A ce moyen, l'horreur pour un
délit pareil, surmontant, dans l'esprit du public, l'opinion peu
avantageuse qu'il auroit pu concevoir d'ailleurs, contre ceux qui ne

se battent point ; on parviendroit à détruire le *déshonneur imaginaire* qui suit le refus d'un duel, par la nécessité où chacun se trouveroit de ne pouvoir se battre, sans devenir un objet d'horreur et d'éxécration.

Nota. Après ces mots, *Plaute* dit ; (page 23, ligne 22) fuppofez le renvoi (1), et lisez, en note, au bas de la page, ceux-ci :

(1) AMPHYTR. Act. 1. Sc. 1.

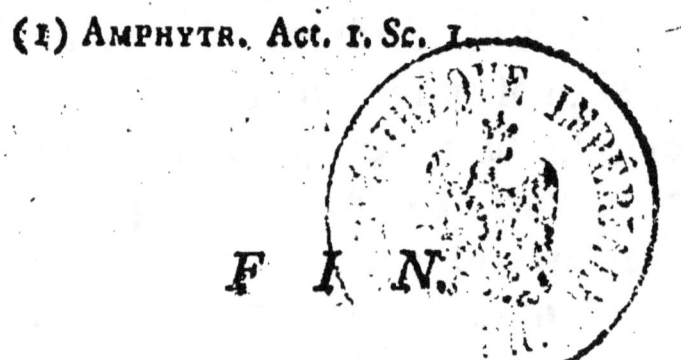

F I N.

www.ingramcontent.com/pod-product-compliance
Lightning Source LLC
Chambersburg PA
CBHW052002020726
47501CB00004B/966